王宮を追放された聖女ですが、
実は本物の悪女は妹だと気づいてももう遅い
私は価値を認めてくれる公爵と幸せになります

上下左右

目次

王宮を追放された聖女ですが、実は本物の悪女は妹だと気づいてももう遅い
私は価値を認めてくれる公爵と幸せになります
I find happiness with the duke
辺境の公爵領当主
アルト
ハラルドの弟。とある理由から王族の地位を追われて辺境の公爵家に養子に出された。ハラルドと顔は瓜二つだが、理知的で思慮深く、真逆の性格。クラリスを妻として迎える。
歴代最高クラスの聖女
クラリス
アイル王国の公認聖女でハラルド王子の婚約者。王宮で「悪女」という事実無根の噂を立てられ、一方的に婚約破棄される。真面目で誠実、自分よりも他人を優先する性格。
シルバータイガーの子
ギン
公爵家で暮らす魔獣の子。人間の言葉を話すことができる。アルトには強気だが、クラリスには甘えん坊。

CHARACTER

王国屈指の商人

エリス

アルト領の中で最大規模の商会の代表を務める。計算高く強かだが、義理堅い性格。アルトの新規ビジネスにも精力的に力を貸す。

聖堂教会の神父

ゼノ

布教の傍ら、貧しい人々を援助するボランティアを行っている。聖女であるクラリスを敬愛しており、度々手助けする。

人情味あふれる軍人

クルツ

貴族の生まれだが、気取ったところがなく、裏表のない豪快な性格。戦争帰りの負傷兵としてアルト領に拾われる。

尊大で強欲な公爵

フーリエ

王国一豊かな農場を持つ領地の当主。ハラルドと結託してアルト領を陥れようと画策する。

クラリスの双子の妹

リーシャ

天真爛漫で可憐な社交界の花。クラリス同様癒しの力を持ち、両親にも可愛がられている。

アイル王国の王子

ハラルド

クラリスの婚約者。黒髪黒目の麗人だが、思慮が浅く独善的。他人の言葉をうのみにしがち。

プロローグ　～『婚約破棄された聖女様』～

「クラリス、お前のような悪名高き聖女とは一緒に暮らせない。俺との婚約を破棄してくれ」

王宮の広間に呼び出されたクラリスは、黒髪黒目の麗人である王子のハラルドに冷たい言葉を放たれる。クラリスは悲しみに耐えきれず、涙をこぼした。

ハラルドとの出会いを思い返す。戦争で怪我《けが》をした兵士たちを治療するために、聖女として診療所へ派遣されたことがキッカケだった。

――ハラルドはお忍びで兵士たちの見舞いに来ていた。クラリスが魔術で治療をしている間、瀕死《ひんし》の兵士たちの手を取り、必死に励ましていたことが印象に残っている。

彼はそれからも毎日のように診療所に顔を出し、彼女を見つけると少年のように無邪気な笑みを浮かべた。

兵士たちの体を拭いてやり、一緒に傷の手あてをする。共同作業はふたりの心の距離を縮め、半年後には結婚を申し込まれた。

プロポーズの言葉は忘れたくても忘れられない。

『クラリスは他人の幸せが生きがいだろ。だからお前を幸せにする役目は俺に任せてくれ』

頬を紅潮させながらの愛の告白はなによりもうれしい贈り物だ。この人と一生を共にしよう。

彼女はそう心に誓ったのだった――。

「あ、あの、私……」

嗚咽《おえつ》が邪魔をして、言葉が声にならない。王子の怒りを静めようと、必死に作り笑いを浮かべる。

「わ、私、きっとなにか怒らせるようなことをしたのですよね。謝りますから……どうかそばに置いてください。私はあなたさえそばにいてくれれば、それだけで幸せなのです」

他人の幸せばかりを求めてきたクラリスが唯一欲した望みだった。だが救いを求めて伸ばした手は、払いのけられてしまう。

「ふん、白々しい女だ。お前の悪名を俺が知らないとでも思っているのか⁉」

「悪名とはまさか……」

「お前が男たちをベッドに連れ込んでいる件だ」

クラリスは言葉に窮する。

悪名とは、〝クラリスが誰にでも媚《こ》び、夜を共にした異性の数は両手でも数えきれない〟という根も葉もない噂《うわさ》のことである。

事実無根の悪名が流れていることは知っていたが、王子なら噂話のひとつやふたつ、笑い飛ばしてくれると期待していた。

だが現実は違った。身に覚えのない噂を剣にして、クラリスを切り捨てようとしていた。

「わ、私はあなたひと筋です。浮気なんて絶対にしません」

「信じられるかっ」

「本当です。私が愛しているのは世界でただひとり。あなただけなんです」

信じてもらおうと必死に声を張り上げる。しかし王子の冷笑は消えない。

「ふん、噂話だけではない。俺はお前がスラムで男と手を取り合っている光景を目撃したのだ！」

「それは怪我人を治療していただけです」

貧困街に暮らす人々は治療費がないため、怪我や病気をただ耐えることしかできなかった。そんな彼らを救うために、街で無償の治療活動を行っていたのだ。

「苦しい言い訳だな」

「嘘ではありません……本当なのです……信じてくださいっ」

「ふん、どちらでもかまわん。もうほかに新しい婚約者を見つけたからな」

「ま、待ってください……なんでもしますから……だから私を捨てないでください」

「うっとうしい女だ。やはり俺の婚約者にはあいつこそがふさわしいな。お前も知っている女だから、きっと驚くぞ」

ハラルドの婚約者と聞いて、大商家の令嬢や、ヨルン帝国の姫の顔が頭に浮かぶ。しかし彼女らが婚約者であれば、そこに驚きはない。順当すぎる結果だ。

ではいったい誰なのか。その答えを王子が呼びかける名前で知る。

「リーシャ、俺のもとへと来い」

「はーい」

部屋の外で待機していた女性が、媚びるような声をあげながら扉を開けて駆け寄ってくる。紺のドレスで着飾った彼女は、黄金を溶かしたような金髪と、海のように澄んだ青い瞳に加えて、クラリスと瓜二つの容貌をしていた。見間違えるはずもない。双子の妹であるリーシャであった。

だが双子でありながらもふたりの印象は大きく異なる。リーシャは十代の少女とは思えないほどの蠱惑的《こわくてき》な雰囲気を放っているのに対し、クラリスは傷んで艶を失ったプラチナブロンドの髪と、疲れで目の下にできた隈、不安に満ちた瞳、そして裾や袖口がほつれたドレスのせいでみすぼらしさを感じさせた。

社交界の花として振る舞ってきたリーシャと、負傷した人たちを助けるために奔走してきたクラリス。ふたりの環境の差がそのまま印象に現れていたのだ。

「どうしてリーシャが……」

「ごめんなさいね、お姉様。王子様は私がもらうことにしましたの」

「う、嘘ですよね。あなたがこんなひどいことをするなんて……」

クラリスとリーシャは外見だけでなく性格にも大きな乖離《かいり》があった。どちらかといえば内向的で大人びているクラリスと、明るくて天真爛漫《てんしんらんまん》な性格のリーシャ。両親はより女の子らしいという理由から妹のリーシャを溺愛した。

両親から十分な愛情を与えられずに育ったクラリスであったが、彼女の心が曲がることはなかった。

それもすべて妹のリーシャのおかげであった。彼女はいつもひとりぼっちのクラリスを心配し、声をかけてくれたのだ。

自分もリーシャのように人に優しく生きたいとの願いが、彼女の人格を形成したのである。だが尊敬する妹のリーシャが裏切り、自分の最愛の人を奪い取ろうとしている。理解できない現実に視界がグラグラとゆがむ。

「リーシャは公認の聖女ではないが、お前と同じ癒やしの力を持っている。彼女ならば大臣たちも婚約に賛成するだろう。誰もが望む美しい花嫁になる」

クラリスの暮らすアイル王国公認の聖女は、戦場で負傷した兵士を癒やし、国に貢献してきたクラリスだけだ。だが回復魔法を扱える女性という広義の意味での聖女は、もうひとりいた。それこそが彼女と同じ血を引くリーシャである。

「王子様、大好きですわ」

「ははは、愛《う》い奴だ」

ふたりは愛おしげに視線を交差させる。その瞳はかつての自分に向けられていたもので、クラリスへの愛が失われたことを実感させられた。

「リーシャ、愛しているぞ」

「私もですわ」

ふたりはよりにもよってクラリスの目の前で唇を重ねる。ストレスが心臓に早鐘を打たせ、胃からこみ上げるものを吐き出していた。

「……ぅっ……こんなのって、いくらなんでもあんまりです……」

心の傷は聖女の回復魔法でも癒やせない。目尻から涙がこぼれ、頬を伝った。

「そう泣くな。お前には代わりの婚約者を紹介してやる。俺の弟で地位は公爵だ。顔があまりにも醜いために、嫁の成り手がいなくて困っていたのだ」

「王子様ったら優しいですわね」

ふたりは愉悦の笑みを浮かべながら、泣き崩れるクラリスを見下ろす。彼女はただ泣き叫ぶことしかできなかった。

第一章　～『公爵様に溺愛される』～

婚約破棄を言い渡されたクラリスは着の身着のまま、王宮を追放された。ハラルドからプレゼントされたドレスや思い出の品は手もとにない。すべてをリーシャに奪われてしまった。

あぜ道を馬車が進む。窓から見える景色は一面黄金の麦畑だ。普段ならその美しさに感動できたのだろうが、半《なか》ば売られるに等しい形で辺境に送られる彼女にその余裕はなかった。

（私はこれから会ったこともない人と結婚するのですね……）

この国において公爵の地位は王族の血を引く分家筋の者たちに与えられる地位だが、クラリスの結婚相手は分家の出身ではない。ハラルドと血のつながった本家の王族だ。

それにもかかわらず、顔があまりに醜いため、子供のいない公爵家へと養子に出されてしまったのだ。今では両親から当主の座を引き継いでおり、公爵領を治めているという。

（いったいどんな人なのでしょうか）

その顔は見る者を不快にさせるほどに醜悪なのだという。今までも嫁候補として、貴族の令嬢が何人も送り込まれたが、その全員が耐えられずに逃げ出している。

（王子の弟なのですから……きっと優しい人ですよね……）

裏切られてもなお、クラリスはハラルドのことを愛していた。まぶたを閉じると鮮明に彼との思い出が浮かんでくる。

剣舞を披露したいと呼び出された日のことだ。麦畑で剣を華麗に操る姿は、まるで武神のようだった。

才能だけでできることではない。その証拠に彼の剣を握る手には切り傷の痕が残っていた。

クラリスは、自分のために血の滲《にじ》むような努力をしてくれたのだと知る。

車窓からの景色を眺めながら、ハラルドとの美しい思い出を想起させる。だが馬車が大きな門をくぐり、歩みを止めたことで、現実に引き戻される。

（ここが公爵様のお屋敷ですか……）

馬車から降りると、目の前には全体像が掴みきれないほどに広大な屋敷が待ち構えていた。

だが手入れが行き届いていないのか、庭は荒れ放題で、建物も傷んでいる。そのため優雅な雰囲気が感じられなかった。

「本当にここに人が住んでいるのでしょうか？」

「ええ。間違いなく」

声をかけたのは馬車を引いていた老人だ。白髭をなでながら、茫洋《ぼうよう》とした目を向ける。

「あなたは？」

「私はグラン。王家に雇われている召使いのひとりです。そして王宮から多くの令嬢を公爵様のもとへと送った御者《ぎょしゃ》でもあります」

「大勢の女性が逃げたのですよね？」

「両手で数えきれぬほどに。それほどにアルト公爵の顔は醜いのです」

公爵家は嫁ぎ先としては申し分ない条件だ。それにもかかわらず逃げ出すのだから、いったいどんな容姿をしているのかと不安に感じる。

「あ、あの、内面はどうなのですか？」

「王子の一歳下とは思えないほど理知的な性格で、体調の悪い召使いがいれば、お休みを与えてくれるような人格者でもありました」

ハラルドは二十代前半だが、子供のように感情的な性格をしていた。その弟が理性的であることにクラリスは驚かされる。

「ですがそれも過去の話。今は周囲からの冷遇で性格もゆがみ、お世辞にも接しやすい人間とはいえません」

「昔は優しかったのなら、きっと性根は善き人です……」

その言葉はクラリスの願いだ。ハラルドも性根は優しい人で、婚約破棄は気の迷いに違いないと期待するためのごまかしだ。

いつかきっと正気を取り戻したハラルドが迎えに来てくれる。夢のような淡い希望を胸に、公爵家の屋敷へ足を踏み入れる覚悟を決める。

「聖女様、どうかお幸せに！」

「こちらこそ、ありがとうございました」

礼を伝えると、グランは馬車を引いて、その場を後にする。頼れる者は誰もいない。自分の力だけでこれからは生きていかなければならない。

「ふぅ、ごめんくださーい」

屋敷の玄関扉の前で声を張り上げる。しかし反応は返ってこない。仕方ないと、扉を開けて、中へと足を踏み入れた。

（この家に嫁ぐのですから、不法侵入ではありませんよね）

恐る恐る中の様子をうかがう。天井に浮かぶシャンデリアには蜘蛛《くも》の糸が張り、敷かれた赤絨毯《じゅうたん》も色が濁っている。人のいる気配を感じなかった。

「あのぉ、誰かいませんかー」

再度呼びかけてみるが、自分の声が反響するだけ。本当に無人なのかもしれないと、屋敷の探索を開始する。

（さすが公爵様のお屋敷ですね。外から見た印象よりもはるかに広いです）

大理石の廊下を歩くが突きあたりが見えないほどに広い。これほどの屋敷なら使用人が少なくとも十名は必要だ。だが誰も雇っていないと主張するように、埃《ほこり》が宙を舞っていた。

（まるで廃屋ですね。魔物が住み着いていそうな雰囲気です）

特に公爵が統治するアルト領は魔物が活動的で有名な場所だ。凶悪なゴブリンやオークが人里に現れることも珍しくない。廃屋を根城にしている魔物がいても不思議ではなかった。

「そこの君はいったい誰だ?」

背中から声をかけられる。公爵かと思い振り返ると、そこには化け物が立っていた。悲鳴をあげそうになるのを必死に抑え込む。

(に、人間ですよね……)

落ち着いて観察すると、化け物は魔物ではなく、人間の男だとわかる。

男の顔はオークのような豚顔や、王宮の大臣のように下卑《げび》た顔でもない。ひと言で表現するならゆがんだ顔だった。両目が本来あるはずの位置になく、鼻先の隣にある。その鼻も曲がり、数字の6のような形をしていた。

キメ細かな透明な肌と絹のような美しい黒髪をしているだけに、その醜さは強調されていた。背が高いことも本来なら魅力のひとつなのだろうが、醜すぎる顔のせいで、不気味さを増している。

「私の顔がおかしいなら笑いたまえ。公爵だからと遠慮することはない」

「笑ったりなんてしません」

驚きはしたものの、醜さを馬鹿にするつもりはない。人の気持ちに敏感なクラリスの本音だった。しかし彼は鼻で笑って、その言葉を一蹴する。

「外面だけは優しいタイプか。今までもいたよ。三日で私のもとから去ったがね」

皮肉な言動は強がっている証拠だ。婚約者が逃げ出すたびに、彼の心が傷ついてきたからこそ、性根も曲がってしまったのだ。

だからこそ正面から彼を見すえる。醜すぎる顔からも視線を逸《そ》らさない。

「私は逃げたりしません。ほかに行くあてなんてありませんから」

「最初は皆そう言うのさ。だがこの屋敷を見るがいい。婚約者だけじゃない。使用人たちまで逃げ出したんだ。それほどに私の顔は醜いのさ」

「でも私は逃げません」

「だが……」

クラリスは一歩も退かずに、グイグイと距離を詰める。その気迫に押され、彼は戸惑いを見せる。

「約束しましょう。指切りです」

「そんな子供騙《だま》しで……」

「やってみればわかりますよ。ほら、指を出してください」

「……今回だけだぞ」

クラリスが小指を差し出すと、アルトは戸惑いながらも小指を絡める。約束の言葉を口にして、指を離した。

「私に触れるのを嫌がらないのだな……」

「どうして嫌がるのですか？」

クラリスはキョトンとした顔をしている。

「……こんな顔をしている男に普通の女は触れたがらないものだろ」

「なら私は普通ではないのかもしれませんね」

貴族の令嬢たちは周囲に美しいものがあふれている。宝石や美術品、異性も貴族の血を引く者には美男子が多い。だからこそ醜いことに忌避感を抱く。

だが顔を火傷《やけど》した者や、剣で鼻を切り落とされた者など、瀕死の怪我人を治療してきたクラリスにとって、顔が醜いことは些末《さまつ》な事柄でしかなかった。その心が伝わったのか、アルトの口もとに小さな笑みが浮かぶ。

「私は君を束縛する気はない。この屋敷にいる間は自由に過ごしてくれ」

「それなら私、人助けがしたいです」

「人助け？」

「こう見えても聖女ですから」

クラリスは裏切られた悲しみをいったん忘れ、前向きに生きていこうと胸を張る。その瞳には希望の輝きが宿っていた。

翌日、さっそくクラリスは人助けのために動き始めた。訪れたのはアルト領の診療所だ。

ベッドに寝かされた患者たちは、痛みにうなり声をあげている。

「ここが領地で唯一の診療所だ。薬師の数が少なくて手が回らなくてな。猫の手でも借りたいくらいさ」

「私は猫ではありませんよ。なにせ聖女ですからね。獅子奮迅《ししふんじん》の働きをしてみせます」

「聖女か……ということは、君が尻軽で有名な――」

「あれは違います。私は浮気なんてしていません」

「だろうな」

「え？」

「少し話をしただけでも、君の人柄は理解したつもりだ。男遊びをするような悪女じゃない」

「公爵様……」

婚約者のハラルドでさえ、クラリスが浮気したと決めつけていた。しかしアルトは無実を信じてくれた。それがうれしくて目頭が熱くなる。

「私のことはアルトでいい。その代わり、私も君のことはクラリスと呼ぶ。それでいいな？」

「ではアルト様とお呼びしますね」

「様をつけなくても。アルトでいいんだぞ」

「私も貴族の端くれですからね。殿方を名前で呼ぶのは憚《はばか》られます」

「そうか。まぁ、クラリスが納得しているならいいさ」

「それよりも早速、治療を始めましょう」

苦しんでいる人を救うのが先決だと、怪我で足が動かなくなっていた患者に手をかざす。クラリスの手のひらから魔力の閃光が走り、回復魔法が発動すると、先ほどまでの苦痛にゆがんでいた表情が嘘のように消え、患者は自分の足で立ち上がった。

「これが聖女の力か……」

アルトは感嘆の声を漏らす。その間にも彼女は次の患者の治療に着手する。治療法がないと診断された病を癒やしたり、利き手を失い絶望する怪我人の腕をもと通りにしたりと、八面六臂《はちめんろっぴ》の活躍を見せた。

「聖女というのはすごいものだな。なくなった腕まで生やせるとは思わなかったぞ」

「私の力は歴代でも最高クラスだそうですから。おかげでたくさんの人を救えるので、才能に感謝ですね」

「兄上はこんな才能を捨てたのだな……今頃、王宮も困っているかもな」

「皆さん、元気であればよいのですが……」

クラリスは王宮内の病人や王国兵の治療を一手に引き受けていた。彼女がいなくなったことで、苦しんでいる者がいないかと心配になる。

「遠くの心配をしても仕方ないだろう」

「まずは目の前の患者に集中ですね！」

「そのためにも私に手伝えることはないか？」

「ありますが……アルト様は公爵ですよ？」

「だからこそだ。怪我をしているのは私の領民だからな。救えるのなら救いたいのだ」

「やっぱりアルト様は優しい方ですね」

顔の醜さが原因で性格がゆがんでいると聞いていたが、接してみると、やはり心根が温かい人なのだとわかる。クラリスの口もとからクスクスと笑みがこぼれた。

「むぅ、私のことを馬鹿にしているのか？」

「まさか。むしろ逆ですよ。領民のためとはいえ、治療の手伝いができる主君は多くありませんから」

それこそ昔のハラルドくらいのものだ。それ以外の領主は汚らしいと診療所に近づこうとさえしなかった。

「ではアルト様は病人の体を拭いてあげてください」

「任せておけ」

クラリスが回復魔法で治療し、アルトが包帯を替えるなどの看病をする。ふたりの協力のおかげで、診療所の人たちは元気を取り戻していく。

「クラリス、次はこの人だ」

老婆が不安げに曲がった腕をクラリスに差し出す。その腕はまるで最初からそうであるかのように変形していた。

「腕が曲がっていますね……ただ折れているわけでもなさそうですが、なにか心あたりはありますか？」

「特になにも……聖女様、この腕は治るのでしょうか？」

「治すためにも、もう少し詳しく症状について聞かせてください」

回復魔法は怪我や病気を修復する力だ。生まれつき曲がっていた場合、それを治療することはできない。

「いつからこの症状が出ているのですか？」

「三日ほど前から」

「後天的なものですか……いったい、なにが原因で……」

曲がった腕をジッと見つめながら、訝《いぶか》しげにつぶやく。すると、クラリスの疑問に答えるように、アルトが口を挟む。

「これは呪いだ」

「呪いですか？」

「知らないのも無理はない。魔物が集まる地域でも稀《まれ》にしか起きない現象だからな。殺された同胞たちの無念を晴らすために、その地域に住む人間の体に正体不明の異変を引き起こすのだそうだ」

知能の高い鳥が殺されると仲間たちが報復するように、魔物もまた冒険者たちに討伐されると、怨念を呪いという形で残し、復讐を仕掛ける。

その恨みの対象には一貫性がなく、冒険者個人に降り注ぐこともあれば、人間という種族が対象に選ばれることもある。

事実、この老婆も魔物に恨まれる心あたりはなかった。巻き添えのような形での呪いは、あまりに理不尽であった。

「聖女様……呪いは治せるのでしょうか？」

病気や怪我ではなく、呪いだとわかり、老婆の苦痛の表情に戸惑いの色が交じる。そんな彼女を励ますために、クラリスは明るい声で語りかける。

「呪いに私の魔法が通じるかわかりません。ですが私は聖女です。根拠はありませんが、必ず治してみせます」

「聖女様……ありがとうございます……」

クラリスの優しさに老婆の目尻に涙が浮かぶ。クラリスはそんな彼女の腕に右手をかざし、回復魔法を発動する。すると曲がっていた腕が正しい形へと修復され、老婆の表情が穏やかなものへと変わった。

「ありがとうございます、聖女様！」

歓喜した老婆は、クラリスの手を取って感謝の意を表す。喜びで涙を滲ませていた。

「このご恩は一生忘れません」

「いえいえ、私は聖女として当然のことをしただけですから」

クラリスにとって人を癒やすことは生きがいであり、感謝の言葉をもらえるだけで、十分にやりがいを感じることができた。老婆は謙遜するクラリスに何度も頭を下げた後、視線をアルトへと向ける。姿勢を正し、顔を覗《のぞ》き込むようにジッと見つめた。

「公爵様もありがとうございました。あなたへのご恩も一生忘れません」

「私はなにもしてないぞ」

「それでもお礼を伝えたいのです。あなたは私の回復を祈ってくれた。弱っている心を癒やせたのは、あなたがいてくれたおかげです」

「そ、そうか……私は役に立てたのか」

迫害を受けてきたアルトにとって、他人から感謝される経験は新鮮だった。耳まで顔を赤く染めながら、頬をかく。

「人助けも悪くないものだな」

「そうでしょうとも。なにせ私の生きがいですからね」

アルトは外見で忌避されているものの、中身は愛すべき人物だった。

「さぁ、次の患者を治療しましょう」

「サポートなら私に任せておけ」

「頼もしいですね」

ふたりは診療所で治療を続ける。アルトの口もとには、自然に笑みが浮かんでいた。その笑みにつられるように、クラリスも笑う。

「兄上から聞いていた印象とは大違いだな」

「ハラルド様は私のことをなんと？」

「男に媚を売る希代の悪女だと。人を見る目がない兄だからな。馬鹿な男だよ」

アルトがなにげなく放った言葉にクラリスは肩を震わせる。彼女の瞳には強い感情が込められていた。

「あの方のこと……悪く言うのはやめてください」

「婚約破棄されたのだろ？」

「でも心根はいい人なのです……っ……私は捨てられてしまいましたが、それでもハラルド様のことが……」

涙が不意にあふれ出す。婚約破棄されたからといって、あれほど恋焦がれた人をすぐにあきらめられるはずもない。アルトは気まずそうに頬をかくと、慰めるように自分の外套《がいとう》をクラリスの肩にかけた。

「女の扱いに慣れていなくてな。慰め方がこれで正しいかもわからない。もし私の外套が汚らわしいと思うなら捨ててくれてかまわない」

「いえ、お心遣いありがとうございます……あなたは優しいのですね……」

「私は別に優しくなどない。近くで女に泣かれるのが嫌なだけだ」

「それを優しいというのですよ」

アルトのその振る舞いに、クラリスは優しかった頃のハラルドを思い出す。彼もまた寒い夜はよく外套を貸してくれたものだ。

「まだ兄上のことが好きなのだな？」

「私は……その……」

アルトは婚約者だ。その彼の前で本音を話すことがためらわれる。

「ごまかさなくてもいい。本当のことを話してくれ」

「わ、私は……まだハラルド様のことが好きです」

「なら応援してやる」

「応援？」

「君と出会って、すべて兄上の誤解だとわかった。だから君が望むならもとの関係に戻るべきだ」

「ですが私は婚約破棄され、あなたと婚約した身です」

「なら兄上が迎えに来るまで、私が形だけの婚約者になってやる。公爵家の婚約者なら王族と会う機会も多いからな。兄上の誤解を解いて……そして誰よりも幸せになってくれ」

アルトは声を震わせる。クラリスはその言葉に応えるようにギュッと彼の手を握りしめるのだった。

窓から差し込む光でクラリスは目を覚ます。診療所から屋敷へと戻った彼女は、疲れてそのまま眠ってしまったのだ。

（フカフカのベッドのおかげで、体調が良好ですね）

クラリスに割りあてられた部屋は、手入れされておらず埃をかぶっていた。だが部屋そのものは広く、調度品も高級品ばかりだ。

（私にはもったいない自室ですね）

王宮でも王子の婚約者として割りあてられた部屋ではなく、使用人用の個室を使っていた。贅を凝らした空間にいると、緊張でくつろげなくなるからだ。

貴族の娘でありながら、平民のような感性を持つに至ったのは、生い立ちが影響している。天真爛漫な妹と比べて根暗な性格のクラリスは、両親から嫌われていた。自室を与えられず、暗い物置の中で、備蓄食料や、ネズミに囲まれる毎日を過ごし、眠る時も毛布一枚で寒さをしのいできた。

だからこそ恵まれた生活に慣れることができない。良家の娘として生まれながら、気品ある振る舞いができないことを恥ずかしいと感じていた。

（アルト様に朝食を作ってさしあげましょう）

身支度を整え、少しでも主人の役に立とうと、部屋を飛び出す。すると、食欲をそそる香りが漂ってきた。

香ばしい匂いにつられてダイニングを訪れると、ふたり分の食事が用意されていた。

「うわぁ～おいしそうですねぇ」

焼きたてのデニッシュと燻製肉の塩漬け。白身魚のムニエルに、果実を絞ったジュースが白いテーブルクロスの上に並んでいる。

「もしかしてこの朝食はアルト様が作られたのですか？」

「調理人も逃げ出したからな。仕方なくというやつだ……そんなことより、冷めてしまうぞ。早く食べろ」

「は、はい」

椅子に座り、ナイフとフォークを手に取るが、宙で固まってしまう。両親から満足に教育を受けておらず、王宮でも怪我人の治療ばかりしていたクラリスは、テーブルマナーに自信がなかったのだ。

「どうした？　手が止まっているぞ？」

「それはその……食事のマナーが悪くても笑わないでくださいね？」

「そんなことを気にしていたのか」

アルトは、ふっ、と小さく笑みをこぼすと、手掴みで燻製肉を口の中に放り込む。あえて粗野な食事方法を示すことで、彼女に失敗する恐怖を忘れさせたのだ。

「やっぱりアルト様は優しいですね」

「か、からかうんじゃない」

「本心なのですよ。あなたは心根の綺麗な方です」

クラリスは微笑みを浮かべながら、白身魚を口に入れる。舌の上で広がった旨味に、驚きで目をパチパチと開閉する。

「こんなにおいしいお魚は初めてです」

「そうだろうとも。我がアルト領の自慢の特産品だからな。そこに私の料理の腕が加われば、舌が喜ぶ絶品となる」

「アルト様は料理がお好きなのですね」

「まぁな。ただ人に食べてもらったのは初めてだよ。今まで醜男《ぶおとこ》の作る料理など口にできないと、みんなに拒絶されていたからな……だからこそ君に食べてもらえてうれしいよ。作りがいがあった」

満足げにアルトは食事を進める。クラリスもまた彼に喜んでもらえたのがうれしくて、料理に舌鼓を打つ。食卓を囲む一体感はふたりの心の絆《きずな》をより強くしてくれた。

「うまかったな」

「ご馳走さまでした」

テーブルの上に並んでいた皿は空になっている。少食のクラリスも食べすぎてしまうほどに美味だった。

「皿洗いは私に任せてくださいね」

せめてそれくらいは役に立たなければと申し出るが、アルトは首を横に振る。

「私が料理を提供したのだ。皿洗いも私がやろう」

「ですが公爵様が皿洗いなど」

「そこは心配するな。なにも井戸の水で洗おうというわけではない」

アルトは手のひらに魔力を集約する。魔法発動の気配を放つと、奇跡の力が発現する。

皿が宙に浮かび、水球に包まれる。ピカピカに磨かれた皿は自分の意思でも持っているかのように、食器棚へと収まった。

「これがアルト様の魔法……」

「自然を操ることのできる魔法だ。王族の血筋を引く者にしか扱えない希少な力だが、普段は家事くらいにしか役立つことはない」

この国の貴族は生まれながらに固有の魔法を扱うことができる。その力は血筋によって異なり、クラリスの一族は回復の力を宿している。

より攻撃性の高い魔法を持つ血筋ほど、より高位の爵位を得ている。最高位である王族ともなれば、その強靭《きょうじん》さは比類する者がいないほどであり、家事くらいにしか役立つことはないと謙遜しているが、自然魔法は王国内で最強と称されていた。

「なぁ、今日の予定は空いているか？」

「診療所も休みですし、特に予定はありませんね」

「ならちょうどいい。服を買いに行くぞ」

「え、私とですか？」

「ほかに誰がいる？」

「ですが私がアルト様の服を選ぶなんて恐れ多いです」

「私の服ではない。君の服を買いに行くんだ」

「わ、私の服ですかっ」

クラリスは突然の誘いに戸惑いながら、自分の服装が裾や袖口がほつれたドレスだと気づく。みすぼらしい格好を見かねて、彼が誘ってくれたのだと知るが、その誘いを受けるわけにはいかない理由があった。

「私は……その……」

「どうかしたのか？」

「お金がありませんので……」

王宮を追放されたクラリスには持ち合わせがなかった。だがそんな悩みをアルトは一蹴するように笑う。

「ははは、私は公爵だぞ。婚約者に金を払わせるものか」

「ですが……」

「それに私は伝えたはずだぞ。君と兄上の恋を応援するとな。そのためにもまずは身だしなみを整えることだ。そんな格好だと本来の魅力も台無しで、話すどころか兄上は会ってもくれないぞ」

人の価値は服装では決まらない。だがみすぼらしい格好をしていては、その価値がかすんでぼやけてしまうと、アルトは強く主張する。

「でもやっぱり……」

「問答無用。さぁ、出かけるぞ」

遠慮するクラリスを連れて、アルトは街へと向かう。彼の口もとにはなにかを期待するような笑みが浮かんでいた。


アルト領の中で最も栄えているのが商業都市リアである。目抜き通りは活気にあふれ、客引きの商人たちの声が痛いほどに耳に届く。

「素晴らしい街だろ？　私の自慢なのだ」

愛おしげにアルトは茫洋とした目を向ける。領主は領民の幸せを望むもの。醜さのせいで心がゆがんでしまっていたが、それでも領主として育った気位だけは忘れてはいない。

「ねぇ、今の人見た⁉」

「びっくりしたよねー」

すれ違った女性たちが、ヒソヒソと声を漏らす。誰のことを指しているかまでは触れていないが、おおよその推測がついた。

「悪いことをしたな……」

「いえ、悪いのは私の方です。私の服装がボロボロなせいで、アルト様に恥をかかせてしまいました」

「いいや、あれは私の顔を誹謗《ひぼう》したのだ」

「いやいや、私ですよ」

「いいいや、私に違いない」

互いが自分に責があるとして譲らない。まるで子供が意地を張っているみたいな状況がおかしくて、クラリスは笑みをこぼす。

「ではお互いさまということで、歩調を合わせて並んで歩きましょう。これなら恥ずかしい者同士、お似合いになれます」

「やはりクラリスは優しいな……貴族の令嬢とは到底思えない」

「そ、それは……」

「勘違いするなよ。私は褒めたのだ。高慢な貴族の令嬢より、君のような性格の方が好ましい」

「慰めていただき、ありがとうございます。ですが、やはり私は貴族の令嬢にふさわしくありません。だからこそ両親からも嫌われていたのですから……」

眉尻を落としてうつむくクラリスは、今にも泣きだしそうであった。アルトは暗い過去があったのだと察する。

「なら私と同じだな」

「え？」

「私も王族として恥ずかしい顔だと両親から罵倒されたものだ」

「アルト様……」

クラリスは醜さゆえに両親から捨てられた彼を不憫《ふびん》に思う。平然とした態度をしているが、きっと心は傷だらけになっているに違いない。

「重い表情をするな。そんなことより目的地に到着したぞ」

「ここは？」

「商業都市リアの中でも最大規模を誇るエリス商会だ」

両隣の店と比較して、エリス商会の規模は倍以上だ。王国の守り神である龍が描かれた暖簾《のれん》の向こう側には、生き生きと働く人たちが見える。

「これは、これは公爵様。店までいらっしゃるとは珍しいですね」

アルトとクラリスが暖簾をくぐると、切れ長の目をした年配の女性が出迎えてくれる。彼女を気にするような従業員たちのそぶりから、クラリスは彼女が女主人だと察する。

「クラリスに街を見せてやりたくてな」

「もしかして新しい婚約者の方ですか？」

「ああ」

アルトの発言に、女主人は驚きで目を見開く。長い付き合いの中で、彼がこのような反応を示したのは初めてのことだったからだ。

「堂々と口にされますね。いつもの公爵様なら『どうせすぐ逃げる』と悲観的でしたのに」

「クラリスは特別だからな」

「へぇ～特別でございますかぁ」

女主人はニヤニヤと笑みを貼りつけながら、クラリスを品定めするように観察する。そして彼女はなにかを察したように、ポンと手を叩く。

「クラリス様に似合う服を用意すればよろしいのですね？」

「さすがはエリスだ。話が早い」

「ちょうど、帝国から上質な絹布のドレスを仕入れたところだったのです。金貨五百枚ほどになりますが、よろしいですよね？」

金貨五百枚は大金だが、クラリスを喜ばせるためなら安い買い物である。そんなアルトの心情を読み取ってか、エリスはニンマリと計算高い笑みを浮かべていた。

「商売上手だな」

「お褒めの言葉、頂戴いたします」

「そのドレス、いただこうか」

「公爵様ならそうおっしゃってくださると信じておりました。では――」

エリスが部下の従業員に命じて、ドレスを用意させようとする。そこに待ったの声をかけたのはクラリスだった。

「あ、あの、金貨五百枚のドレスなんて受け取れません」

「気にしなくてよいと伝えただろ」

「で、ですが、金貨五百枚ですよ。家族を一年養える金額のドレスなんて、私にはもったいないです！」

「私には趣味がないからな。どうせ使わない金だ。クラリスに喜んでもらえる贅沢なら惜しくはないさ」

アルトの同意により、女性従業員たちがクラリスを囲うように集まってくる。ジロジロと視線を向ける彼女らの瞳は輝いていた。

「素晴らしい。クラリス様は磨けば光る原石ですよ！」

「きめ細かい肌をしているわね。薄《うっす》らと化粧をするだけでも見違えるに違いないわ！」

「我々、エリス商会の総力をあげて、領内一の美女へと仕上げてみせましょう！」

クラリスは気合の入った従業員たちに、店の奥へと連れていかれる。その様子を微笑《ほほえ》ましげに、アルトはジッと見つめていた。

「善き娘ですね」

「エリスもそう思うか？」

「公爵様に対しての信頼や尊敬といった素直な気持ちが感じられます。クラリス様のような内面の美しい娘はそういませんよ」

「だろうな。なにせ私がよくしてやりたいと思えた初めての女性だからな」

今までも婚約者候補は何人もいた。だが表面上でどれだけ取り繕っても、心の底ではアルトに対して嫌悪を抱いていた。

だがクラリスだけは違う。進んで隣に並んでくれるような心根の優しい娘だ。

「アルト領は魔物が出没する危険な地域です。その反面、魔物の素材が安く手に入り、商人としては魅力的な場所でもあります。世継ぎが生まれてくれれば、領民としてはひと安心できるのですが……」

「世継ぎか……悪いがそれは難しいな。なにせ私はただのパトロンでしかないからな」

アルトはクラリスとハラルドの恋を応援すると決めたのだ。美女の隣に立つのは美男こそがふさわしい。彼はグッと自分の感情を押し殺す。

「頼みたいことがある」

「私にですか？」

「エリス個人ではなく、商会に対してだ。報酬も弾む。商会の伝手《つて》を使って、クラリスの調査を頼みたい」

身辺調査の依頼に、エリスは驚きを隠せなかった。下世話な考えが彼女の頭をよぎる。

「まさか浮気の疑いでもあるんですか？」

「あるわけないだろ……私はクラリスを幸せにしたい。そのための障害を取り除きたいのだ」

両親との関係が良好でないことや、王子から婚約破棄を言い渡されたことは知っている。だがその過程でなにがあったのかを知ることで、アルトは問題解決の糸口を探るつもりだった。

「そういうことでしたら任せてください。それと……いとしのクラリス様がいらっしゃったようですよ」

店の奥からドレスアップされたクラリスが姿を現す。淡い桜色のワンピースドレスと、プラチナブロンドの髪をまとめるための髪飾りが気品を放っている。

また薄らと施された化粧により、透明感のある白磁の肌が強調されていた。貴族の令嬢にふさわしい佇《たたず》まいである。

「どうでしょうか、アルト様？」

「驚くほどに似合っている。これなら兄上も惚れなおすこと間違いなしだ」

王宮の舞踏会でもこれほどの美女はお目にかかったことがない。内面の美しさも相まって、ますます魅力的なオーラを放っている。これならハラルドも婚約解消が過ちだったと知るはずだ。

「では例の件は頼んだぞ」

「任されました。おふたりはデートを楽しんできてください」

エリスに押し出されるように商会を後にする。従業員たちは「またお越しください」と頭を下げるのだった。

エリス商会を後にしたアルトたちは、近くにある甘味処を訪れていた。テーブルの上には、焼きリンゴのデニッシュと、リンゴジュースが並んでいる。

行儀が悪いと知りながらもデニッシュを掴んでかじりつくと、サクッという歯ごたえと共に、舌の上で甘みが広がった。

「このリンゴ、おいしいですね」

「隣のフーリエ領から直輸入してきたそうだ。あそこは農作物が名産だからな」

「いつか一緒に行ってみたいものですね」

「一緒にか……」

「失礼しました。厚かましい願いでしたね……」

「逆だよ。私と一緒に行きたいと提案してくれることがうれしいのさ」

媚を売るための提案でないことがわかるからこそ、なにげないひと言に感動する。おいしそうにリンゴのデニッシュを口にする彼女に、愛おしさが湧き上がってくる。

「ねぇ、あの人……」

「連れの女性はかわいいのに」

「もったいないよねぇ」

ヒソヒソと店内の至る所から声が聞こえてくる。クラリスが美しさに磨きをかけたからこそ、アルトの醜さが際立つ。客たちの瞳には不快感や戸惑いの色が浮かんでいた。

「お客様、少しよろしいでしょうか?」

甘味処の店長と思《おぼ》しき人物が、恐る恐る声をかける。

「実はお客様のお顔が見苦しいと苦情が届きまして……お連れ様も含めて代金は結構ですので、退店していただけないでしょうか」

店長の申し出に、アルトはクラリスに申し訳なさを感じた。もし彼が公爵だと知っていたなら無礼を働かなかっただろうが、それで醜さが変わるわけでもなく、彼女に恥をかかせることに違いはない。このような侮辱も今回が初めてではないため、冷静な態度で立ち上がる。

「わかった、今すぐ店を出よう。ただこちらの令嬢は食事を続けさせてくれ」

「お連れ様でしたら我々としてもかまいませんが……」

「いいえ、私も一緒に出ます！　さぁ、行きますよ、アルト様！」

「お、おい」

アルトの手を引いて、クラリスは店を飛び出す。珍しく怒りで頬を膨らませていた。

「なんですか、あの失礼な店は！」

「慣れていることだ。気にしなくていい」

「いいえ、許せません！　アルト様は素晴らしい人なのに、外見で馬鹿にされて……こんなの……っ……あんまりです」

クラリスの目尻には怒りで涙が浮かんでいた。自分のために本気で怒ってくれている。それだけで、先ほどの侮辱が吹き飛んでしまった。

「ありがとう。君にはいつも救われている」

「私なんて――っ」

振り返ろうとしたクラリスの肩に男がぶつかる。顔に刻まれた刀傷が人相の悪さを強調していた。

「おい、痛ぇじゃねぇか！」

「ごめんなさい。悪気はなかったんです」

「悪気があるかどうかなんて関係あるかよ。そんなものより、金だ、金。慰謝料をよこせ」

「手持ちのお金はありません」

「ならそのドレスを置いていけ」

丸太のように太い腕をクラリスへと向ける。しかしアルトがかばうように、間に割って入る。

「俺の邪魔するんじゃねぇ……って、おえっ、こんなブサイク、初めて見たぜ。気持ち悪いから近寄ってくるんじゃねぇ！」

「あ、あの……」

「なんだぁ!?」

「ア、アルト様に失礼なことを言わないでください」

「本当のことを言ってなにが悪い。ほら、見ろよ。街の奴らもこいつを見て、顔をしかめているぜ」

「いいえ、違います。不快なのは、無礼な振る舞いをしているあなたの態度です」

「チッ、さっきから聞いてりゃなめやがって」

我慢できなくなったのか、男は手を振り上げようとする。しかしそれよりも早く、アルトが男の腕を掴むと、背中のうしろに回して、関節を締め上げた。

「い、いてぇえっ」

「まだ続けるか？」

「悪かった。謝るから手を放してくれ！」

「今日はこれで許してやる。だが次同じことをしたなら容赦しないからな」

王族として格闘術を叩き込まれてきたアルトの実力は圧倒的だった。成敗された男は一目散に逃げ出す。

男の背中が見えなくなった頃、パチパチと拍手の雨が降る。いったい何事かと周囲を見回すと、往来の人々が彼を賞賛していたのだ。

「お兄さん、格好よかったよ」

「厄介者で有名な奴だからな。成敗してくれてスカッとしたぜ」

「顔なんて関係ねぇ。男は心意気だっ！」

拍手の雨は連鎖するように強くなっていく。彼らは誰ひとりとして、アルトが公爵だとは知らない。それでも純粋な気持ちでたたえてくれていた。

「アルト様のおっしゃる通り、この街はよき場所ですね」

「私の自慢の街だからな」

心優しい人たちに触れて、アルトの口もとに笑みが浮かぶ。その笑みは顔の醜さを帳消しにするほどに魅力的だった。

アルト領に来てから半年ほどが経過した。アルトは領地の運営を、クラリスは診療所で治療の仕事に専念し、慌ただしい日々が過ぎていく。

だがふたりの仕事がどれだけ忙しくとも、一緒にいる時間は必ず取るようにしていた。朝食を囲みながら、雑談に花を咲かせる。

「今日の服も似合っているな」

「エリス様が届けてくれたのです。公爵様が選んでくれたのですよね?」

「君に似合うと思ってな」

「ありがとうございます。ですが無理はしないでくださいね」

アルトは外出するたびに、エリス商会でクラリスへの土産を買ってくるようになった。昨日は服を購入し、一昨日《おととい》はブローチ、さらにその前は靴だ。

贈り物が毎日のように届くと、遠慮深い彼女は、さすがに気が引けてしまう。贈り物をやめるようにと説得を試みるのだが、いつも笑って流されてしまう。

「誰かが来たようですね」

コンコンと、玄関の扉をノックする音がダイニングに響く。

「この扉の叩き方はエリスだな」

アルトとクラリスはふたりで玄関まで向かう。そこには予想通りエリスと部下の女性たちの姿があった。

「本日も贈り物を届けにまいりました」

「エリス様、私はもう必要ありません」

「ですがこの品は、アルト様が『これはクラリスに似合うだろうか？』と懸命に選ばれた品ですよ。そのご好意を無下になさるおつもりですか？」

「え……っ、そ、それは、その……」

「ということなので、贈り物を部屋まで届けさせていただきますね。案内をクラリス様にお願いしてもよろしいですか？」

「わ、わかりました。ですが、私はもう十分ですから。次からはなしでお願いしますね」

クラリスは荷物を運ぶ女性たちを手伝いながら、自分の部屋へと案内する。残されたエリスとアルトは視線を交差させた。静かになった玄関ホールで、彼女は鞄から封筒を取り出してアルトに手渡す。

「お願いされていた調査の件ですが、ここに報告書をまとめました」

「ご苦労。いつも助けられてばかりだな」

「いえいえ、公爵様のご依頼ですから。それよりも注意してください。クラリス様の人生は予想以上に苛烈です」

「覚悟しておこう……」

アルトは調査報告書に視線を落とす。

男爵家の令嬢として生まれたクラリスは、双子の妹であるリーシャばかりがかわいがられ、使用人以下の生活をしていた。

家族からは無視され、食事も満足に与えられない。それでも前向きに生きてきた彼女は十五歳の頃、聖女として戦場へと送られる。

これは本来ならありえないことだ。粗暴な男の多い戦場に年頃の娘を送るなど、狼の群れに羊を送り込むに等しいからだ。

だがこれには裏があった。聖女の治癒力に期待した王国軍が多額の契約金を男爵家へと支払っていたのだ。その金額は金貨千枚。安くない額だが、娘を本当に愛しているなら、はした金に等しい金額だ。普通の親なら断るだろう。

「はぁ～、駄目だ。気分が悪くなりそうだ」

大切な人の悲惨な過去は自分のことのようにつらく感じる。気づくとアルトは、調査報告書を握りしめていた。

「悲惨な人生を過ごしながら、あんなに優しい性格に育てたのは奇跡ですね」

「私の自慢の婚約者だからな」

「だからこそ、私も協力したくなりました」

「協力?」

「本日の用件はもうひとつあるのですよ――噂をすれば影ありですね」

贈り物を自室へと運び終えたクラリスが玄関ホールへと戻ってくる。その表情には申し訳なさが浮かんでいた。

「アルト様、今回もまた高価な贈り物でしたね。ダイヤの散りばめられたネックレスなんて、なくすのが怖くてつけられませんよ」

「だがきっとクラリスに似合うぞ」

「だとしても、これっきりにしてくださいね……あと、ありがとうございました……お気持ちはうれしかったです」

クラリスに感謝されるだけで、贈り物をしたかいがあったと思える。アルトの心がポカポカと温かくなっていった。

「では今度はエリス商会から贈り物をさせてください」

「エリス様、私はもう……」

「勘違いしないでください。私が贈るのは宝石が散りばめられた装飾品ではありません。あなたにプレゼントしたいのは診療所です」

予想の斜め上をいく回答に、クラリスは頭の上に疑問符を浮かべる。

「クラリス様が困惑するのも無理はありません。ですが、現在の診療所は大きな課題をかかえています。それは治療を受けられるのが、高所得者のみだという点です」

診療所はキャパオーバーであり、患者の数が増える一方だ。だからこそ患者は選別され、高額な治療費を払える者だけが優先されている。

「私は誰もが治療を受けられる場所を提供したいのです。そのためにクラリス様の癒やしの力をお借りしたい」

「私の力をですか？」

「薬師による治療では怪我人を癒やすのに時間がかかります。しかしクラリス様なら魔力さえあれば、一瞬で癒やすことができます。つまり治療の効率を上げることができるのです。聖女様による診療所なら大成功間違いなしです」

診療所を運営するにあたり、治療効率を上げることは重要なファクターだ。診療所が多少手狭でも、ひとりに必要な時間が少なければ、大勢の患者を診ることができる。

一日に診察できる患者の数を増やすことで、一人当たりの治療費が少なくても診療所の運営が成り立つようになる。お金のない農民でも治療を受けられるようになる提案だった。

「この提案はクラリス様にとっても有意義なはずです。いかがでしょうか？」

「大勢の人を救うことができるなら、それは私も望むところです。しかし問題があります」

「問題？」

「私の魔力量には限りがあります。一日に治療できるのは数十人が限界なのです」

魔法はエネルギー源となる魔力を基にして発動する。魔力は体力と似ており、眠ることで回復するが、その力は有限である。そのため救える命には限りがあるのだ。

だがクラリスの懸念は想定通りだと言わんばかりに、エリスの顔が商売人になる。

「そこで魔力を回復するための万能薬『エリクサー』を我がエリス商会が提供させていただき

ます。ただし無料ではありません。しっかり料金はいただきます」

「でも私にそんなお金は……」

「いるじゃないですかー。大金持ちのパトロン様が」

エリスとクラリスの視線がアルトへと向けられる。なにを言わんとしているか察するのは容易だ。

「だ、駄目です。これ以上、アルト様に甘えるわけにはいきません」

「ちなみにエリクサーの金額はどれくらい必要なんだ？」

「それはもう高額ですよ……ただ……あらあら、偶然。公爵様がクラリス様に贈っていたプレゼント代と同じ金額ですね」

「アルト様っ！　私、高価な服や宝石はいりません。その代わり……いえ、やはりなんでもありません……」

本心では多くの人を救いたいと願いながらも、アルトに迷惑をかけられないと、クラリスは遠慮する。だがアルトとしては、残念そうにうつむく彼女の表情を曇らせたままにはしておけない。

「本当に商売上手な女だな」

「ということは？」

「エリクサーの購入費用はすべて私に請求しろ」

「それでこそ公爵様です」

エリスにまんまと乗せられた形にはなったが、喜びで口もとを緩めるクラリスを見て、悪くない出費だとアルトは満足するのだった。


さらに半年が経過し、クラリスがアルト領に来てから一年が経過した。領内ではおしどり夫婦として有名になった二人だが、まだ正式に婚姻関係は結んでいない。

「お茶を淹れたので、召し上がってください」

「クラリスの淹れるお茶は絶品だからな」

屋敷の居間の窓から内庭の景色を眺める。手入れされた庭には公爵家にふさわしい深紅のバラが咲いていた。

「使用人の皆さんが戻ってきてくれてよかったですね」

「これもすべてクラリスのおかげだ」

「いいえ、あなたが笑うようになったからですよ」

以前のアルトは醜い顔を卑下し、いつもムスっとしていた。そこに使用人たちは恐怖を覚えていたのだ。

だが笑えば愛嬌のある顔になる。彼の心の美しさを知っているクラリスは、愛らしいとさえ思えるようになっていた。

「いいや、やはりクラリスの力は大きいさ。診療所の評判が広まり始めた時期と使用人たちが戻ってきた時期は一致しているからな」

エリスの立案で設立された診療所は、アルト領で知らぬ者がいないほどの評判になっていた。安価な治療費で、どんな傷や病気も治してくれる。病気や怪我から救われた人たちは、聖女であるクラリスと、彼女のパトロンである公爵に恩を感じるようになった。醜男だと、アルトのことを馬鹿にする者はもういない。偉大な領主として、崇《あが》められていた。

「君が来てからは毎日が本当に楽しいよ。こんな日々が訪れるなんて思いもしなかった」

「アルト様……」

「王宮に招かれれば、貴族たちから醜いとうしろ指を差される。婚約者たちも顔を見るだけで悲鳴をあげる始末だ。だが……君だけは私をまともな人間として扱ってくれた。本当にありがとう」

「あ、頭を上げてください。それに感謝するのは私の方ですから」

「君が私に感謝することなんて……」

「ありますとも。婚約破棄されて行き場を失っていた私を拾ってくれました。この恩は一生忘れませんから」

顔を上げたアルトとクラリスが視線を交差させる。互いに感謝し合う状況がおかしくて、ふたりの口もとから笑みがこぼれる。

「なんだか私たちは似た者同士だな」

「ですね」

紅茶をすすると、幸せを実感する。こんな時間がいつまでも続けばいいのにと、クラリスが窓の外を眺めていると、馬車が屋敷へと駆け込んでくる。

「この馬の足音は……どうやら王宮から客が来たようだな」

「なんの用事でしょうか？」

「年貢の催促か。はたまた舞踏会のお誘いか。いずれにしろくだらない内容さ」

とはいえ、王宮の使者を無下にするわけにもいかない。屋敷の中へと案内すると、客人に紅茶を振る舞う。

「お久しぶりですね、聖女様」

「あなたは……」

「お忘れですか？　あなたを屋敷へとお連れしたグランです」

顔に刻まれた皺《しわ》の数が増えていたため、一見するとわからなかったが、客人はクラリスをここまで連れてきた老人だった。

「私も老けましたからね。わからぬのも無理はありません」

「あの時は余裕がなくて……失礼しました。それで今日はどういったご用件で？」

「実は聖女様に朗報をお持ちしました」

「私に？」

「実は王子の婚約者であるリーシャ様が浮気をされまして。しかもひとりではなく、両の手で数えきれぬ男に手を出した放蕩ぶり。これに激怒した王子は婚約を破棄されました。そして新しい婚約者として、あなたをと指名されたのです」

「王子がどうして私を……」

「距離を置いたことで、聖女様の価値を再認識されたそうです。幸運にも、あなた様はまだ婚約止まりで、婚姻を済ませておられません。王子の妃になる資格は十分にあります」

一年前のクラリスなら泣いて喜ぶ朗報だ。だが今の彼女にはもうひとり大切な人がいた。

「申し出はありがたいのですが、私には……」

「よかったじゃないか。兄上のことが好きなのだろ。自分の気持ちに正直になるべきだ」

「ですが私は……」

「遠慮するな。私のような醜男より兄上のような美男を選ぶのは当然だ。私も納得している。愛し合う者同士で暮らすんだ」

「アルト様……ッ」

「さぁ、グラン。兄上のもとへと連れていけ。そして伝えろ。この人を必ず幸せにしろとな」

「命に替えましても」

アルトは有無を言わさぬ迫力で屋敷から去るように命じる。グランはクラリスの手を引き、彼のもとから立ち去った。

「ははは、私は本当に馬鹿な男だ！」

紅茶がのったテーブルに頭を叩きつける。体の痛みが心の苦しさを忘れさせてくれることに期待して、額から血が流れても自傷を繰り返した。

「これでまたひとりだ……っ……私の味方はいなくなってしまった……」

目尻から涙がこぼれる。生まれてから母親にさえ「気持ち悪い」と侮蔑されてきた彼は、人に愛されたことがなかった。

だがクラリスは醜さに嫌悪を抱かないでいてくれた。この娘と婚姻を結べれば、どれほど幸せだろうかと何度も夢を見た。

頬を涙が伝うたびに嗚咽がこぼれる。悲しみで心が張り裂けそうだった。

「愛していたよ、クラリス……」

「私もですよ、アルト様」

幻聴かと思い、顔を上げると、そこには失ったはずの婚約者がいた。

「どうして？　兄上のもとへと帰ったはずでは？」

「縁談の話はお断りました」

「な、なぜだ？　兄上のことが好きなんだろ？」

「好きですよ。でもハラルド様よりアルト様の方が何倍も好きですから」

「わ、私のことが……」

　アルトが誰かから好きだと伝えられたのは初めての経験だった。戸惑いと感動で涙の勢いが強くなる。

「一年間、一緒に暮らしてわかりました。あなたは誰よりも優しい人です。私が落ち込んでいると慰めてくれますし、困っている領民がいれば馳せ参じる。知っていますか？　診療所の皆さんはあなたへの感謝ばかり口にするのですよ。あなたは決してひとりぼっちではありません」

「本当に私でいいのか？　こんなにも醜い顔なのだぞ？」

「かまいませんとも。あなたは人に負けない美しい心を持っています。それだけで十分ではありませんか」

「ありがとう。君には救われてばかりだな」

　心の底から出てきたクラリスへの感謝であった。彼女が自分を選んでくれた喜びで、アルトの涙が止まらなくなる。

「アルト様、額から血が！」

　クラリスはテーブルの上に付着した血痕から、アルトの額の傷に気がつく。

「これくらいの怪我なら放っておけば治るさ。君の手をわずらわせることはない」

「私があなたのために治療したいのです。駄目ですか？」

「そんなふうに頼まれたら断れないじゃないか」

額に手を近づけると、回復魔法を発動させる。活性化した細胞が傷口を修復し、怪我など最初からなかったかのようにもと通りになる。

「あれ？」

そしてもうひとつ異変が起きた。醜い形をしていた彼の目や口、鼻などが、本来あるべき位置に戻るかのように変貌し始めたのだ。

「この症状は……まさか呪いだったのでしょうか……」

以前治療した老婆は骨折したわけでもないのに腕が曲がっていた。彼の鼻や目も魔物の呪いによって形がゆがめられていただけだとしたら。

呪いをはらい、アルトの顔は本来の形へと変化する。白磁のような肌に映える黒い瞳と凛々《りり》しい目もと、色素の薄い唇と筋の通った鼻は芸術品のように美しい。

その顔は見覚えのある容貌だ。王国の宝とまで称された王子の容貌に瓜二つなのだ。王子と兄弟なのだから、それも当然だと納得する。

クラリスは変化を伝えるため、姿見鏡《すがたみ》の前にアルトを連れていく。

「アルト様、鏡に映った顔を見てください。この顔が本当のあなただったのです」

「この顔が私……ははは、ずいぶんと男前じゃないか」

姿見鏡に映る自分の顔に感動し、肩を震わせる。醜さで迫害されてきた人生は幕を閉じたのだ。

「この顔なら自信を持って、伝えられる。クラリス、君を愛している。私と結婚してくれ」

「もちろん。喜んでお受けいたします」

ふたりの美男美女は喜びを噛みしめるように抱きしめ合う。婚約破棄された聖女は、価値を認めてくれる公爵と共に幸せな人生を歩み始めたのだった。

第二章　～『聖女と領地経営』～

ハラルドの私室は瀟洒《しょうしゃ》のひと言に尽きる。壁には有名画家の絵画が飾られ、床には帝国産の高級絨毯、座れば雲のように沈んでいくソファが置かれ、贅を凝らした部屋は王族にふさわしい装いだ。

だが部屋の主であるハラルドは優雅とはほど遠い。怒りをぶちまけるように、椅子を蹴り飛ばしている。肘掛けがはずれ、宙を舞う椅子を、息を荒らげながら睨《にら》みつけていた。

（クソッ、俺を拒絶するなんてクラリスの奴、なにを考えてやがるっ！）

容姿に優れ、次期国王の地位にあり、魔法の腕も超一流。一年前、気の迷いで婚約を破棄してしまったが、それでも王子である自分が再度求婚したのなら、尻尾を振って擦り寄ってくるべきだと考えていた。

（そもそも俺は悪くない。すべてリーシャの奴にたぶらかされたのが原因だ）

一年前のハラルドは、リーシャのことを清楚で愛らしい少女だと誤解していた。

しかし時間の経過と共に、あれほど愛していたリーシャへの興味が薄れていった。理由は明確だ。彼女がハラルドだけで満足できる女ではなかったからだ。

始まりは小さな疑惑だった。複数の美男に囲まれて談笑する彼女に嫉妬したのを覚えている。

そしてとうとう決定的な瞬間を目撃する。サプライズプレゼントのために、彼女の自室に忍び込んだ日のことだ。ベッドの上で三人の裸の男と戯れる彼女を目にしたのだ。薄れていた愛情が完全に失われた瞬間だった。

（リーシャのせいで俺は社交界の笑い者だ。婚約者に浮気された間抜けだと、今もどこかで馬鹿にされているに違いない）

貴族は噂好きが多い。そんな彼らが王子のゴシップを話題にあげないはずがない。知らぬところで自分の評判が落ちていると思うと、怒りが際限なく湧いてくる。

（あんな下劣な女がこの世にいるとはな……いや、ほかの貴族の令嬢も同じようなものか）

財力、容姿、家柄、能力。ステイタスだけならハラルドは王国一だ。擦り寄ってくる令嬢も多い。だが内面を愛してくれた女性はいなかった。ただひとりを除いては。

（俺を本当の意味で愛していたのはクラリスくらいのものだ）

思い返せばクラリスは理想的だった。聖女の力を有し、容姿もおしゃれに無頓着なだけで素材は悪くない。家柄も男爵家と爵位としては最低格だが、貴族ではあるため、最低限の要件は満たしている。

そしてなにより誠実だった。リーシャとの婚約を解消した後、本当にクラリスが浮気したのかと疑問に感じた彼は、部下に調査を命じた。

その結果は白だった。スラムで目撃した光景も、本当に治療していただけだったのだ。

（人間、誰しも間違いはある。頭のひとつくらいなら下げてやってもいい）

落ち着くために、ふぅと息を吐くと、行儀が悪いとわかっていながら、執務机に腰掛ける。

魔除《まよ》けの置物が視界に入った。

（不細工な粘土細工だ）

クラリスの手作りの置物だ。魔除けの龍をイメージして形作られているが、龍というより蛙に見える。

捨てずに取っておいたのは、心の底で未練があったからなのか。

ハラルドはプレゼントされた日のことを思い出す。あれは戦場へ指揮官として派遣される日のことだ。

『あなたが無事でいてくれることを祈りました。だから必ず生きて帰ってきてくださいね』

魔除けの力が働いたのか、戦争は王国の圧勝だった。無事、クラリスのもとへと戻ると、彼女は涙を流しながら出迎えてくれた。

この人と一生を添い遂げよう。そう決意した瞬間であり、その決意はのちほどリーシャの登場によって崩れ去ってしまった。

（仕方あるまい。クラリスを歓迎するためのパーティを開いてやろう）

王宮でのきらびやかな催しの主賓として招待するのだ。これで自分がどれほど寵愛《ちょうあい》されているのか理解するだろう。

（それにもうひとつ。クラリスの婚約者は、あの醜いアルトだ。隣に俺が並べば、どちらが優れているか一目瞭然。乗り換える決心もつくだろう）

そのために仕込みも重要だ。招待客全員でアルトの顔を笑ってやるのだ。婚約者のクラリスは恥をかく。そこにハラルドが颯爽《さっそう》と登場するのだ。

（そうと決まれば計画を練らなければな。待っていろよ、クラリス。俺はお前を逃がさないからな）

ハラルドは自分の頭の冴えをたたえるように哄笑《こうしょう》する。だが彼は失念していた。クラリスは容貌で人を判断するような人物ではないことを。そしてアルトの顔が治癒の力で美しく変わっていることを知らずにいたのだった。

●

クラリスの父親であるバーレンは、王国の辺境領の領主である。洋梨のようにお腹が膨らんだ体形と、顎髭が特徴的な彼は、暖炉の前でおたけびをあげていた。

「うおおおっ、リーシャよ。私の最大の失敗はお前を甘やかしすぎたことだ」

「パパったらひどいですわ。私は悪くありませんのに」

長椅子で横になるリーシャは頬を膨らませる。その愛らしい表情が彼の怒りをしぼませていった。

「はぁ、お前は本当に母さん似だな」

「褒めてますの？」

「ある意味ではな」

貴族の令嬢たるもの、男を手玉に取れるくらいの狡猾《こうかつ》さが求められる。その点、リーシャは王子でさえ骨抜きにするほどの才能があった。

だがその才能も浮気現場を目撃されては台無しだ。王宮を追放された彼女は、実家で贅沢三昧の日々を過ごしていた。

「なぁ、リーシャよ。どうして浮気したのだ？」

「王子様、結婚するまでキスしかしないと言い出しますから……つい……」

「王子が恋愛に疎いことくらい最初からわかっていたことではないか。なにせあのクラリスに惚れるような男だぞ」

バーレンはクラリスに魅力がないと評価していた。もちろん容姿だけなら、双子のリーシャとさほど変わらないし、内面の美しさならクラリスに軍配が上がるだろう。

だが貴族の令嬢たるもの、それでは駄目なのだ。社交界の蝶はヒラヒラと舞いながら、自分より爵位が上の男を魅了し、結納金という形で実家へと金を運ばせることこそが役目なのだ。

きっとクラリスはどこの馬の骨とも知れない平民とでも結婚するに違いない。そう評価した彼は、彼女に期待することをやめ、冷遇して育ててきたのだ。

「リーシャよ、これからどうやって生きていくのだ?」

「パパに養ってもらいますわ」

「うちは男爵家だぞ。お前のような金食い虫をいつまでも置いておけるか!」

リーシャのことを溺愛しているバーレンだが、それでも彼女には嫁いでもらわなければならない。

その理由は男爵家の台所事情にある。爵位が上がれば上がるほど、広い領地が与えられ、税収も多くなる貴族社会において、男爵は贅沢できるほどの領地を得ることができない。

ゆえにバーレンはリーシャに投資してきた。男爵家とは思えないほど高価な服を与え、上流階級に嫁いでも恥ずかしくない教育を施してきた。

これもすべて結納金で取り返せる算段があってのことだ。このままでは投資してきた金が無に帰す。王族と言わぬまでも、男爵より上位の貴族に嫁ぐことはできないかと、必死に知恵を絞る。

「駄目だ。浮気をして、王宮を追放されたと噂が広がっては、嫁に欲しがる男はおらん」

「声に出ていますわよ」

「ワザとだ。贅沢をしたいなら案を出せ」

「えー、ならお姉様をもう一度戦場へ送るのはどうかしら?」

この提案は二度目だった。一度目はリーシャの贅沢による借金を返せなくなった時のことだ。姉を売り飛ばそうと、笑みを浮かべる彼女に、バーレンは戦慄《せんりつ》を覚えたものだ。

「ふむ……こうなったらクラリスと王子を再び婚約させるしかあるまい」

「えー、私はどうなるんですの？」

「貴族に相手はおらんのだ。平民の男とでも結婚しろ」

「でもぉ、私、贅沢がしたいですわぁ」

リーシャは不服そうに頬を膨らませる。ハラルドの婚約者として贅の限りを楽しんできたのだ。今さら、生活レベルを落とすことはできない。

「心配するな。そのためのクラリスだ。あいつを裏から操り、王家から金を吸い上げる。どうせお前も王子とは金目あてなのだろう。なら文句もあるまい」

「でもお姉様は私たちの言うことを聞くかしら」

リーシャはハラルドを略奪しており、恨まれて当然のことをしていた。おとなしく従うとは思えない。だがバーレンは自信に満ちた笑みを浮かべていた。

「お姉様が従うと信じていますの？」

「人の本質は変わらん。幼少の頃から我々の呪縛を施してきたのだ。あいつは逃れられんよ」

クラリスにいっさいの愛情を持っていないが、それでも血を引く娘ではある。もし家督争いになれば、バーレン家の領主になる可能性も十分にありうる。

牙を抜く必要があると、体罰に、無視。食事も最低限しか与えないことで、従順な性格へと矯正した。おかげで父親であるバーレンの顔色をうかがう娘に成長した。

幼少のトラウマを引きずっている限り、強く命じれば、操り人形にできる。そう確信するバーレンは下卑た笑みを浮かべる。

「では我々の計画を始めよう」

クラリスの幸せを奪い取るため、父親であるバーレンは動き出す。彼の目には娘の向こう側にある金貨の山しか映っていなかった。

●

アルトとクラリスが互いの愛を確かめ合ってから、一か月ほど経過した。ふたりは充実した日々を過ごしている。窓の外から聞こえてくる小鳥のさえずりは優雅な朝を演出していた。

「私が朝食を作るのはこれが初めてですね」

「朝食作りは私の趣味だからな」

「失敗しても笑わないでくださいね……」

「もちろんだとも」

ダイニングで椅子に腰掛けながら、クラリスの調理が終わるのを待つ。アルトの口もとは意識しないままに緩んでいた。

「クラリスの手料理か。楽しみだな」

紅茶を淹れる腕前から料理の腕前にも期待できる。心待ちにしていると、彼女は変色した目玉焼きと、豚の腸詰めを運んできた。さらに隣には炭化したデニッシュも添えられている。

「ごめんなさい。失敗してしまいました」

テーブルに料理を並べると、申し訳なさそうに謝罪する。だがアルトの微笑みは変わらない。フォークとナイフを手に取ると、焦げた料理を口に放り込んだ。

「少し苦みを感じるが……うむ。おいしいぞ」

「アルト様、無理しなくても、マズイならマズイとはっきり口にしてください」

「君が作ってくれた料理を貶《けな》すはずがないだろう。それに苦みの中に旨味がある。一生懸命作ってくれたとわかる味だ。さすがは私の嫁だな」

「～～ッ――な、なんだか恥ずかしいですね」

「私に愛されることがか？」

「とうとう結婚したのだなと思いまして……」

ハラルドに婚約破棄された時は、生涯独身の可能性も頭をよぎった。だが現実は違った。隣には最愛の人がいる。幸せだと胸を張って口にすることができた。

「でも本当に私でいいのですか？　アルト様の呪いは解けましたし、今ならもっと魅力的な女性を選ぶこともできますよ」

「君より魅力的な女性などいないさ」

「でも……」

　ハラルドとの恋は追いかける恋愛だったこともあり、強い愛情を向けられることに慣れていなかった。

　だからこそ自己肯定感が低く、なぜ自分が選ばれたのかと不思議に思ってしまう。だがその疑問は彼を悲しませてしまった。

「自分を卑下するのはやめてくれ。好きな人が馬鹿にされているようで傷つくのだ」

「アルト様は優しいですね……」

　彼の言葉の節々から愛情を感じる。これが幸せなのかと穏やかな気持ちになっていると、庭先に馬車の止まる音がする。

「この音はグランだな」

「王宮からの使者としてやって来たのでしょうか？」

「おそらくな」

　玄関先までグランを迎えに行く。扉を勢いよく開けた彼は、乱れた息を整えていた。老いている彼が無理をしていないかと心配になる。

「聖女様っ！　公爵様を呼んできてください」

「私ならここにいるが……そうか。回復後の顔を見るのは初めてか」

「回復後？」

「クラリスの回復魔法で呪いを解いてもらったのだ――」

アルトは今までの経緯を説明する。とても信じられないような話だが、そばにいるクラリスが真実だと保証するのだ。グランに信じる以外の選択肢はない。

「わかりました。あなたが公爵様だと信じましょう」

「それで、用件は王宮でのトラブルか？」

「予想されていたのですか？」

「兄上が簡単に引き下がるはずがないからな」

婚約者として戻ってこいとの要請を断られたのだ。プライドが傷つけられて黙っているような性格ではない。なにかしらのアクションがあるとは読んでいた。

「それで兄上はなんと？」

「こちらを」

グランは懐から親書を取り出す。アルトは受け取ると、その場で開封する。封蝋《ふうろう》をはずして中から出てきたのは、舞踏会の招待状だった。

不安げな表情を浮かべるクラリスにアルトが告げる。

「王宮で舞踏会をやるから、クラリスと共に来いとのことだ。行きたいか？」

「私は派手な行事が苦手ですから」

「だが王族からの招待だ。無下に断ることはできない。顔だけ出したら、すぐに帰ろう……ただこれもなにかの縁だ。王宮を訪れるのにちょうどいい機会かもな」

「なにかやることでもあるのですか？」

「私とクラリスの正式な婚姻届けだよ」

貴族同士の結婚は王国内のパワーバランスに影響を与えるため、王家に婚姻を申し出なければならない。

いずれは王宮を訪れる必要があるのだ。それならば、面倒事と一緒に片づけてしまおうという魂胆だった。

「もしかして王宮へ行くのが怖いのか？」

「本音を言うと、少し……」

婚約を破棄されて、追放された日のことを思い出す――。

王宮から立ち去った悲しみは、心に深い傷を残した。王宮へ再び顔を出せば、心の傷口が開くかもしれない。だがそんな彼女の恐怖を和らげるように、アルトが優しげに髪をなでる。

「君は私が守る。だから安心していい」

「は、はいっ！」

すべての始まりの場所である王宮に、ふたりは足を踏み入れる覚悟を決めるのだった。

王国で最も美しい街はと問われれば、百人が百人同じ答えを返す。それは間違いなく王都であると。

柿色の屋根瓦と煉瓦造りの住居が並ぶ。整備された居住区にはゴミひとつ落ちていない。王都の法律でゴミを落とせば、罰金刑が科されるからだ。

「やはり王都は綺麗ですねぇ」

「私の領地も王都に負けない立派な街にしないとな」

馬車の車窓から街の光景を眺める。王宮から追放された日は美しい光景を楽しむ余裕などなかった。だが今は違う。美麗な街並みに心からの感動を覚えた。

「王宮に到着したようですね」

馬のいななきと、馬車の揺れで目的地に到着したと知る。馬車から降りると、目の前に白亜の王宮がそびえ立っていた。

「私の役目はここまでです。聖女様、公爵様。ご武運を」

「ありがとな」

「ありがとうございます」

グランに礼を伝えると、王宮への階段を上る。衛兵が向かってくるアルトたちに警戒心を示すが、彼の身なりから貴族だと気づき、背筋をピンと伸ばして敬礼する。

「失礼ですが、どなたのご紹介でしょうか？」

「王子からの招待だ」

「王子の……ということは舞踏会へのご参加で？」

「ああ。これが招待状だ」

招待状はハラルドの直筆だ。教育を受けている衛兵が見間違えるはずもなく、それが本物だと確信できる。だが衛兵の顔色は晴れない。

「どうかしたのか？」

「いえ、なんでもありません……」

アルトを舞踏会へと招くと招待状には記されている。しかし風の噂で聞いた容貌は、この世のものとは思えないほどに醜いという話だ。

しかし目の前にいる彼は、男でも見惚れるほどの美丈夫だ。噂と現実の違いに疑念が湧くが、さすがに公爵相手に「あなたはもっとブサイクですよね？」とは質問できない。

招待状があるのだから、きっと本人なのだろうと、衛兵は疑いを心の内に引っ込める。アルトとクラリスを受け入れるように、王宮の扉が開けられた。

「舞踏会の会場は廊下の突きあたりの大広間です」

赤絨毯の廊下を進むと、にぎやかな声が大きくなってくる。舞踏会の会場が近い証拠だ。

「アルト様、いよいよですね」

「覚悟はできているか？」

「もちろんです。なにせ隣にアルト様がいるのですから」

大広間へと足を踏み入れたふたりに視線が突き刺さる。着飾った男女たちは海千山千を乗り越えてきた貴族たちだ。舞踏会を楽しみながらも、新たな参加者の値踏みを忘れない。

「綺麗な男性ね。あんなに美しい人は見たことがないわ」

「寄り添っている女性も彼に劣らず美しいね」

「きっと名家の生まれに違いないわ」

「いったいどこの誰だろうね？」

大広間に突如として現れた美男美女にざわめきが広がり始める。ヒソヒソとささやく声が認識できるほどに大きくなった頃、本日の主役であるハラルドが顔を出した。

「皆の衆、笑うのはそこまでだ。弟は隣にいるのも恥ずかしくなるほどの不細工だが、顔の醜さは罪ではないからな！」

クラリスにアルトの隣にいるのは恥ずかしいと思わせるために、あえて大声で宣言する。だが侮蔑の笑みを浮かべている者はいない。いったいどういうことだと、弟であるアルトに視線を合わせる。

「お前は……いったい、誰だ？」

自分に瓜二つの男を前にして、ハラルドは困惑する。黒髪黒目の透明感のある彼は、ナルシストのハラルドだからこそ嫉妬するほどに美しい。

「兄上、久しぶりですね」

「俺にお前のような弟はいない……奴め、恥をかくのが嫌で代わりを送ってきたな」

「………」

口で言っても信じてもらえないと理解し、アルトは手のひらを魔力で輝かせる。集めた魔力が魔法に変換され、メラメラと燃える炎が浮かんだ。

自然現象を操る魔法は王族の血を引く者にしか扱えない。嘘のつけない証拠に、目の前の美男子が弟であると信じるしかなかった。

「……なにがあったのだ？」

「私の顔が醜かったのは呪いが原因だったのですよ。それをクラリスに解いてもらいました」

アルトの背中に隠れるように、クラリスは顔を出す。気まずそうに目が泳いでいる。

「お久しぶりですね、ハラルド様」

「――――ッ」

クラリスと再会を果たしたハラルドは、ゴクリと唾をのみ込む。内面はともかく外見はリーシャの方が上だと思っていたが、その認識は間違っていたと思い知らされたのだ。

透き通るようなプラチナブロンドの髪に、透明感のある白磁の肌。そしてリーシャと違い、容貌に優しさが満ちていた。

内面の美しさが顔つきにまで影響を与えたのだ。一年前とは別人のように美しくなった彼女を前にして、ハラルドは声が震えてしまう。

「お、俺はお前を迎えに行ったのだぞ。どうして断ったのだ？」

「ご好意はうれしいのですが、私、好きな人ができたんです」

「好きな人だと……」

「アルト様と生涯を共にするつもりです」

口もとに携えた笑みが、アルトに愛情を向けていることを証明していた。だがあきらめきれないと、ハラルドは下唇をギュッと噛みしめる。

「もし俺が婚約破棄したことを恨んでいるのなら謝ってやる。だから……」

「私はアルト様と結婚します。王宮へ訪れたのも、婚姻届けを提出するためなのです……認めてくださいますよね？」

選択を迫られたハラルドは鬼の形相へと変わる。

プライドを傷つけられたことが原因ではない。大勢の貴族たちの前で恥をかかされたことも些末な事柄だ。

今、ハラルドが怒りを湧き立たせているのは、クラリスに断られてもなお、彼女に強い愛情を抱いている自分を許せなかったからだ。

「衛兵。こいつらを捕まえろっ！」

「ハラルド様、いったいなにを……」

ハラルドの暴挙にクラリスは戸惑う。舞踏会に集まった貴族たちも驚きを隠せないのか、ざわめきが広がっていく。

「俺は王子だ。男爵家の娘なら、本人の意思を無視して婚姻することもできる」

「本気、なのですか？」

「本気だ」

「残念です。私の愛したハラルド様ならこんな乱暴を働いたりしませんでしたよ」

「う、うるさい。俺は王子だ。俺は……」

悲しみで目を伏せるクラリスに、ハラルドは戸惑いを見せる。その隙を突くように、アルトは彼女の手を引いて、大広間から飛び出す。

「アルト様！」

「今はなにも言うな。兄上は話ができる状態じゃない」

「で、ですが……」

「その証拠に前を見てみろ」

廊下を駆けるふたりの前に衛兵が立ちふさがる。腰から剣を抜く彼らは、ハラルドの敵意の証明だ。

「止まってください、公爵様！」

「私の邪魔をするなら容赦しないぞ」

アルトは衛兵たちを威嚇《いかく》するように鋭い視線を向ける。向かってくる彼に、衛兵たちはゴクリと息をのむ。

「わ、私たちも仕事なのです。ご覚悟を」

衛兵たちは震える手で剣を構える。だが口と違い体は正直だ。公爵相手に剣を突きつける度胸はないのか及び腰になっていた。

そんな彼らの剣を風の魔法で吹き飛ばす。頼みの綱の武器を失った衛兵たちは、魔法を扱える貴族に勝てるはずもなく、道を開けるようにして、その場から退いた。

アルトはクラリスの手を引いて王宮を飛び出し、階段を駆け下りる。衛兵が追ってくる気配を背後から感じる。

「公爵様、聖女様！　こちらです！」

階段下に馬車が止まっていた。グランが出発の準備を整えてくれていたのだ。

馬車に乗り込むと、勢いよく馬が走りだす。窓の外を流れていく景色が、王宮から離れていることを実感させてくれた。

「助かりました、グラン様」

「王子には仕えて長いですから。彼の性格を考慮すると、こうなることも想定の内です」

「ですがそれでは立場が危うくなるのでは？」

「はい。ですので雇ってくれますよね、公爵様？」

「私にすべて任せておけ。うまく取り計らってみせよう。給料も期待しておくといい」

「そうこないと」

世渡り上手なグランに感心するように、アルトの口もとに笑みがこぼれる。その笑みにはほかにも意味が込められていた。

「アルト様はずいぶんとうれしそうですね」

「それはそうだろ。なにせクラリスは兄上との婚約をはっきりと断り、私と結婚すると大勢の前で宣言してくれたのだからな」

「思い返すと恥ずかしくなってきました」

「恥ずかしくないさ。少なくとも私はうれしかった。ほら、口もとの笑みがいつまでたっても消えてくれない」

「ふふ、本当ですね」

馬車に揺られながら、ふたりは幸せを実感するように笑い合う。婚姻届けが受理されることはなかったが、心の絆はより強まったのだった。

舞踏会での騒動から数日が経過した。大勢の貴族たちの前で醜態をさらしたハラルドだが、噂の火は弱まるどころか、時間の経過と共に勢いを増していた。

（クソッ、アルトを笑い者にするどころか、俺の方が笑い者だ）

醜い弟と一緒にいることを恥だと感じさせることで、クラリスを奪い返す計画は無に帰した。それどころか意中の相手に逃げられたハラルドを嘲笑《あざわら》うように、今では『逃げられ王子』の異名まで広がっている。

「おい、あの噂を聞いたか？」

「公爵様の……だよな」

ハラルドが廊下を歩いていると、衛兵たちがヒソヒソと噂話をして笑っているのを耳にする。冷静ないつもの彼ならば、部下である衛兵たちが王族を馬鹿にする発言を近くでするはずがないとわかる。しかし頭に血が上った今の彼にはそんな余裕はなかった。

「いったいなにがおかしいんだ？」

怒りのこもった冷たい口調で衛兵たちに問う。突然の王子の問いかけに、ふたりの衛兵は背中に冷たい汗を流した。

「聞いているのか？　俺のなにがおかしいのだ？」

「い、いいえ、王子を笑ったりなどしておりません！」

衛兵は上擦った声で答える。その反応が気に入らないのか、ハラルドの視線はより厳しくなる。

「ならなんの話をしていたんだ？」

「今晩の献立についてです。珍しい魔物肉のステーキが振る舞われるとの噂が流れておりまして……」

「公爵とも聞こえたぞ。晩飯の献立とどうつながる？」

「魔物肉の送り主です。公爵のアルト様が傷つけたお詫びだと、衛兵たちに送り届けてくれたのです」

舞踏会からの脱出の際に、アルトは衛兵たちを魔法の力で排除した。怪我を負うことはなかったが、王族である彼の魔法は恐怖を与えるに十分な力がある。その詫びに魔物肉をプレゼントしたのだ。

「王子の弟君は、素晴らしい人格者ですね」

「衛兵たちの間でも、公爵様の評判はうなぎ上りなのですよ」

衛兵たちに悪意はなかった。ただハラルドの弟を純粋な気持ちで褒めただけ。しかしそれは虎の尾を踏むひと言だった。

「あいつが俺より優れているということか⁉」

ハラルドは全身から魔力を放つ。一騎当千の力を有する王族に敵意を向けられたのだ。衛兵たちは震えをこらえることができなかった。

「クソッ」

怯《おび》える部下を置いて、ハラルドはその場を後にする。弱い者いじめをしても、ストレスが解消されるわけではない。根本的な解決が必要だった。

（クラリスさえ取り返せれば、恥をかいたことも笑い話にできる……そうだっ、俺には、あの女が必要なのだ！）

再会したクラリスは美化された記憶以上の美貌の持ち主に成長していた。なんとしても手に入れたいと、激しい情熱の炎が心の中でくすぶる。

（アルトになど渡してなるものかっ！）

強い決意と共に、廊下の突きあたりにある会議室の扉を勢いよく開く。

「待たせたな」

家臣たちが円卓を囲みながら、侃々諤々《かんかんがくがく》の議論を交わしていた。だが王子の登場で、空気が静まり返る。

「ようやく主役の登場ですな」

声をあげたのは王族に次ぐ権力を有する筆頭公爵、グスタフだ。彼は国王の弟であり、ハラルドの叔父《おじ》にあたる人物だ。

丸太のように太い腕と、凛々しい髭面、そして鷹《たか》のような鋭い瞳は国王そっくりであり、ハラルドの頭の上がらない人物のひとりである。

「それで本日の議題はなんだ？」

「王子、それくらいは事前に目を通しておいてください」

「お、俺は忙しいのだ！」

「国王ならば、忙しくとも、やるべき責務を果たしますよ」

グスタフは事あるごとに国王と比較する。家臣たちの前で恥をかかされたことに怒りを感じるものの、筆頭公爵ともめるわけにはいかないと、ハラルドはグッと感情をのみ込んだ。

「それで議題は？」

「戦争負傷者の受け入れ先についてです」

「気が重くなる話だな」

王国は帝国との戦争で多くの怪我人を出した。その中には手や足を欠損し、満足に働けなくなった者も多い。

そんな彼らを救済するために、王国では貴族たちによる相互幇助《ほうじょ》により、彼らに住む家と、最低限暮らしていけるだけの生活費を提供していた。

だがこの社会負担は貴族たちにとって大きな負担となっていた。なぜなら負傷した兵には、魔法を扱える関係から貴族の出自も多い。もし農民のような暮らしをさせれば、金を提供したにもかかわらず、血も涙もない領主だと責められる。ゆえに多額の出費が必要になるのだ。

誰もやりたがらない役割を、どの貴族が担うかで口論になっていた。だが簡単には決まらない。貧乏くじを率先して引く者がいないからだ。

「グスタフ公、あなたの領地は富んでいるはずだ。受け入れてもらえないか？」

「王子、昨年の約束を忘れたのですか？」

「約束？」

「まさか、本当に忘れたのですか？」

「もう一度説明してくれ」

「はぁ～、仕方ありませんね」

あきれたと言わんばかりに、グスタフは眉間を押さえる。

「昨年の帝国との紛争時にも同じように負傷兵が大勢出ました。その際も引き取り手が現れず、我がグスタフ領がすべての兵士を受け入れたのです。ただし条件を出しました。これ以降の負傷兵は王子自らが責任を持って、引き取り手を探すと」

「そういえば、そのような約束もしたな」

「大切なことですから、次からは忘れないようにしていただきたい」

「努力しよう」

グスタフは本当に理解しているのかと、懐疑的な目を向ける。だがそんな彼の心情など知らぬと言わんばかりに、ハラルドは悪巧みを思いついて、口角をつり上げる。

「受け入れ先ならあてがあるぞ」

「まさか王子自身が資金を出されるのですか？」

「なぜ王族である俺が資金を出さねばならんのだ」

「では誰が？」

「俺の弟だ」

ハラルドの悪巧みは単純に嫌がらせをすることが目的ではない。クラリスを取り返す算段も含まれていた。

（アルトの魅力は大きく三つだ。顔と名誉と金。顔は俺と遜色《そんしょく》なく、地位も公爵だ。これを奪うことは難しい。だが金ならば俺の名案により削ることができる）

負傷者の受け入れにより、莫大な費用がかかる。税収で賄いきれない金額をカバーするためには、私財を投げ打つ必要も出てくるだろう。

そうなればクラリスは惨めな貧乏生活だ。そこに大金持ちであるハラルドが登場だ。贅沢な暮らしを餌にすれば、彼女の心を取り戻すことも不可能ではない。

（ふふ、待っていろよ、クラリス）

美しい花嫁を奪い返す妄想が頭の中で広がっていく。知らぬうちに口もとも綻んでいた。

「王子、アルト公爵も馬鹿ではありません。負傷兵の受け入れを拒否するのでは？」

「受け入れさせるさ。そのための策もある」

舞踏会で恥をかかされたことを思い出す。最悪の経験だが、王族を侮辱する行為は、相手が公爵ではなく平民ならば死刑もありうる。付け込むチャンスが生まれたのは、回り回れば都合がよかった。

（衛兵たちの話だと、魔物の肉を贈るほどには罪悪感を覚えているようだし、断れば戦争だと脅せば、拒否はしないだろう）

仮に本当に公爵家と軍事衝突したとしても、王族である自分が負けるはずがないと自信を持っていた。だからこそ強気な態度に出ることができる。

「俺の策謀により、問題はすべて解決だ。お前たち、俺のことを尊敬してもいいぞ」

はぁ、と家臣たちは曖昧な返事を返す。彼らの瞳には王子に対する信頼の光が宿っていなかった。

●

舞踏会の騒動から一か月が経過した。公爵家の屋敷では以前と変わらない日常が流れている。王宮での出来事が嘘のようだった。

「心配は杞憂《きゆう》に終わりましたね」

クラリスは愛する婚約者のために紅茶を淹れる。茶葉の爽やかな香りが談話室に満ちていく。

「兄上も馬鹿ではないということだ」

公爵家は王家に次ぐ権力の象徴だ。表立っての喧嘩はできない。しかもそれが痴話喧嘩ともなればなおさらだ。

品位を重んじる王家が打てる手は多くない。心の平穏を保ったまま、紅茶をすすった。

「公爵様、お手紙が届きました」

使用人として採用したグランが手紙を届けに来る。彼は年齢を感じさせない機敏な動きで、新人であるにもかかわらず、使用人たちの中で一目置かれる存在になっていた。

「誰からの手紙だ？」

「ハラルド王子からのようです」

「また兄上か。舞踏会の誘いなら、もう二度と受けないぞ」

あの時の騒動が原因で関係性は悪化しているのだ。一度は誘いを受けたのだから、十分だろう。これ以上義理を立てる必要はない。

「いや、さすがの兄上も再度誘うようなことはしないか……」

「そうとも言いきれませんよ。王子の聖女様への執着は異常でしたからね。こりていない可能性も十分にあります」

恋は人の判断力を狂わせる。愚行も正しい行動だと思い込むようになる。

「どうして私に固執するのでしょうか？」

ハラルドは王子なのだから、相手に不自由しないはずだ。クラリスはなぜ一度捨てた自分に執着するのか疑問だった。

「それは聖女様が魅力的だからかと」

「ご冗談を。私はお父様に貴族の令嬢にふさわしくないと叱られていたのですよ」

クラリスの自己肯定感の低さは父親の教育によるところが大きい。優れた妹と比較されて育ったことで、自信を喪失していた。

「父親がなんと言おうと気にするな。私は君の価値を誰よりも理解している」

「アルト様……」

「さぁ、そんなことより、手紙の内容を確認しよう」

封蝋をはずし、封入されていた手紙を確認する。その内容は負傷兵の受け入れ要求だった。

その数は千人。貴族の子息も含まれており、パンと水だけ用意すればいいわけではない。貴族にふさわしい家と食事に召使いを提供するとなれば、生活費の援助金は安くない。全員の面倒を見るなら、最低でも月額で金貨百万枚が必要だ。

「これはまた理不尽な要求だな」

「アルト様でも金貨百万枚の負担は重いですか？」

「重い。一時的な出費なら耐えられるかもしれないが、毎月の支出として消えていく金額だからな」

とてもポンと出せる金額ではない。どうやってむちゃ振りに対処すべきかとアルトは頭を悩ませる。

「簡単に思いつく資金繰りは税金を上げることだ」

「ですがそれは……」

「領民が苦しむ。だから駄目だ」

王国では領主が徴税の義務を負い、税負担についても自由に裁量権を与えられている。

アルト領は周囲の領地と比較しても税が軽い。これは魔物が出没し、危険度が高い土地だからこその施策だ。もし税金を重くすれば、危険で魅力のない領地となる。そうなれば領民たちの多くは別の領地へと籍を移すだろう。

さらに最悪なのはギリギリで生活している農民たちだ。荒れた大地を耕し、わずかばかりの農作物を得るために汗を流す彼らが生活できているのは、税が低いおかげでもある。

もし税を重くすれば首をくくらねばならない者も現れる。それは領民想いのアルトにとって許されざる行いだった。

「アルト様、我儘《わがまま》を言ってもよろしいでしょうか？」

「クラリスが我儘とは珍しいな。聞かせてくれ」

「私は負傷兵の皆さんを助けたいです。私も治療をがんばります。ですから……あなたの私財を……いいえ、忘れてください。これはあまりにぶしつけなお願いでした」

戦場で治療をしていたクラリスにとって、負傷兵は身近な存在だ。見殺しにはできない。救いたいと頭をひねった結果、生まれたのは、アルトの私財から資金を捻出するアイデアだったが、彼に負担をかけるのは本意ではなかった。

「なぁ、クラリス、俺からも大切な質問がある。心して聞いてくれ」

「は、はい」

アルトはクラリスの肩に手を置くと、覚悟を決めたように真剣な目を向ける。

「もし私が無一文の……屋敷もなく、豪華な食事や服を与えられない男になっても、君は信じてついてきてくれるか？」

「はい！　もちろんです！」

クラリスの返答にためらいはなかった。それがアルトの心を幸福で満たし、口もとを緩めさせた。

「うれしいな……よし、決まりだ。彼らを受け入れよう」

「アルト様……ごめんなさい……」

「謝ることはない。私は君さえいてくれれば、ほかになにもいらないからな」

金がなくても互いさえいれば生きていける。その覚悟を魂に刻むように、ふたりは手を握り合う。手の温もりを感じながら、アルトは彼女を守るために覚悟を決める。彼には皆を幸せにするアイデアがあった。

「もし失敗に終われば、私財を売り払うことになる。だがきっとうまくいく」

「なにか考えがあるのですか？」

「まずはエリスと商談だ。もしこの交渉がうまくいけば、一時的な解決ではない。負傷兵たちの長期的な生活を保障できる」

「そんな方法が……」

クラリスはアイデアの内容に耳を傾ける。その方法は彼の言う通り、根本的な問題を解決できる手段だった。

「私に任せておけ。君の願いはすべて叶えてみせる」

冷たい白い手を握る指に力を込める。頼りがいのある彼の表情は、クラリスに安心感を与えるのだった。


負傷兵の受け入れ要請があってから、数日が過ぎた。彼の屋敷に馬車の隊列が並ぶ。台車には戦争で負傷した兵士たちが乗っていた。

荷台の装飾はそれぞれ特徴がある。荷物を詰め込むような無骨なものから、彫金技術が駆使された高級品までさまざまだ。

特に先頭を走る馬車のボディには、王国の守り神である龍が木彫りされている。爵位の高い者が乗っている証拠だ。

「千人と聞いていましたが、この馬車の数だとそれ以上ではありませんか？」

「兄上の嫌がらせってことだろな」

負傷兵の数が増えれば増えるほど、アルト領の負担は大きくなる。一度送ってしまえば、アルトが受け取りを拒否しないと予想しての嫌がらせだ。

「さて、代表者に会いに行くとするか」

先頭を走っていた馬車から人が降りてくる。獅子のように茶髪を逆立てた男は、右肩から先の腕がなかった。左目には刀傷も刻まれ、容貌だけで古強者《ふるつわもの》だと判別できる。

「あんたがアルト公爵か？」

「そうだが」

「噂で聞いた話とずいぶんと違うな。目を引くほどの色男だ……ただまぁ、俺には負けるがね」

「ははは」

「俺のツマラナイ冗談で笑ってくれるとは。あんた、いい人だな。俺はクルツ。公爵家の次男坊で、今では壊れた軍人だ」

クルツは肩を上げて、腕がなくなったことを強調する。たちの悪い自虐ネタに、アルトは乾いた笑みを返すしかなかった。

「ところで、そちらの美人さん。あんたの名は？」

美人さんとはもちろんクラリスのことであるが、彼女は他人事《ひとごと》のようにキョトンとしている。

「おいおい、ダンマリかよ。貴族の令嬢ってのは、態度が高慢なのがいけねぇな」

「いいや、そうじゃない。クラリス。名前を聞かれているぞ」

「わ、私ですか⁉」

クラリスは自己評価の低さから、美人と呼ばれたのが自分だと気づいていなかったのだ。

「わ、私が美人だなんて、そんな……」

「わははは、おもしろい娘さんだ。気に入った。仲よくしようぜ」

「は、はい」

誤解が解けたのか、豪快な動きでクラリスの肩を叩く。裏表のない性格が態度に現れていた。

「ところで俺たちの処遇についてだが……最低限の寝床と畑さえあれば十分だぜ」

「え？」

贅沢な環境で育ってきた公爵家の次男とは思えない台詞《せりふ》だった。

「俺たちは貴族たちから受け入れを拒否されてきた。たらい回しにされて、最後に送られてきたのがアルト領なのさ」

クルツの声には自嘲が交じっている。クラリスが憐れんでいると、彼は首を横に振る。

「だが邪魔者扱いされても仕方ねぇのさ。なにせ肉体を欠損した兵士なんて、国からすればゴミ同然。維持費がかからない分、ゴミの方がマシだと思っていても不思議じゃねぇ」

「クルツ様はゴミなんかじゃありません！」

クラリスは語気を強めて否定するが、クルツは首を横に振る。

「いいや、俺たちも最低だった。貴族の生まれだからと、生家と同じ贅沢を望んじまった。役立たずなら、せめて邪魔にならない程度におとなしく生きていくべきなのにな。それを理解していなかったのさ」

「で、ですが、魔法を扱えるのなら、仮に片腕でも重宝されるのでは？」

「肉体が欠損していると魔法の制御が難しくてな。暴走の危険もある。敵陣でなら問題ないが、自分の領地で問題を起こされるのは迷惑でしかないからな。負傷兵の受け入れを断る理由が理解できるだろ？」

「クルツさん……」

悲しげに目を伏せるクルツに同情を覚える。王国のために戦った結末が厄介者ではあまりにも救われない。

「役立たずの俺たちだが、迷惑は最小限に抑える。だからささやかな望みを受け入れてくれねぇか？」

「駄目だ」

「どうしてだ⁉　農民と変わらない暮らしなら、負担も大きくないはずだぜ？」

「金の問題ではない。君たちにはやってもらいたいことがあるのだ」

「やってもらいたいこと？」

「噂をすればだ。待っていた人物が到着したようだ」

商業都市リアの方角から商業用の大型馬車が走ってくる。馬のいななきと共に停車した荷台から降りてきたのは、切れ長の目をした商人、エリスだった。彼女の登場は、アルトの交渉が成功したことを意味した。

「遅れて申し訳ございません。ご注文の商品を揃《そろ》えるのに時間がかかりまして……」

「商品？」

「あの話はまだされていないのですか？」

「ちょうど、これからするところだ。クラリス頼めるか」

「はい！」

クラリスがクルツの肩に手を触れる。手先から魔力が輝くと、失ったはずの右腕がもと通りに復元する。神の奇跡にも等しい力に、クルツは目を見開いた。

「お、おい、嘘だろ。娘さん、あんた何者だ？」

「一応、聖女と呼ばれています」

「聖女様だぁ！　ってことは、あんたがあの尻軽聖女か⁉」

「そ、それは誤解なのです」

「わはは、噂が間違っていることくらいわかるさ。なにせ俺の腕を治してくれた恩人だ。悪人のはずないからな」

豪快な笑いを浮かべるクルツだが、目尻には涙が浮かんでいた。喜びを隠しきれずに感情が表に出てきたのだ。

「ほかの負傷兵も全員クラリスの回復魔法で助けるつもりだ。だから君たちには魔物狩りをお願いしたい」

魔物はアルト領の治安を悪化させている原因だ。しかし恩恵もある。魔物の肉は美味であり、毛皮や牙は武器などの素材として高値で取引されているのだ。

そのため魔物を狩ることができるならば、負傷兵たちは自力で生活することが可能になる。他人に頼らずに生きていけるならば、彼らの誇りにもつながるはずだ。

「魔物狩りか。戦争で敵兵を殺すより何倍も楽しそうだ」

「やる気になってくれてなによりだ」

「だが問題は残っているぜ。聖女とはいえ、人である限り魔力には限界がある。一日に数十人を治すので精いっぱいってとこだろ？」

「その課題を解決するためのエリスだ」

エリスが部下に命じて、荷台の商品を運ばせる。木箱には魔力を回復させるためのエリクサーが詰められている。その箱が一段、二段と積み重ねられていく。

「私は公爵様よりエリクサーを依頼されていました。これで聖女様の魔力は千人分の傷を癒やすことができます」

「だが金はどうする？　これだけのエリクサーだ。馬鹿にならないだろ？」

「公爵様にいただくことも考えました。しかし折角なら、あなた方に貸しをつくりたい」

「貸し？」

「魔物の狩りで得た素材を一括で買い取らせていただきたい。その約束をのんでいただけるのなら、このエリクサーは無償でお譲りします」

「わはは、あんたも顔に似合わずお人よしだな。いいぜ、俺たちも魔物の売り先が確保できるなら、渡りに船だからな」

「では契約成立ですね」

　エリスは契約書を取りに、馬車へと戻る。人の目が消えた合間に、クルツは小さく頭を下げる。

「アルト公爵に、聖女の娘さん。恥ずかしいから一度しか言わねぇ……ありがとな。この恩は忘れねぇ」

　戦場での激戦を経験してきた古強者とは思えない表情で頬をかく。耳まで赤くなった彼は忘れることができないほどに愛らしさを感じさせるのだった。

　商業都市リアは物と金と人が集まる経済の中心地であり、いつだって活気で湧いている。しかし今日の街の人たちはいつも以上に元気だった。

「あれが噂の……」

「公爵様と聖女様ね。お似合いのふたりよね」

手をつないで歩くふたりを領民たちが微笑ましげに見つめる。その瞳には自分も同じような恋がしたいとの羨望が満ちていた。

「えへへ、注目されていますね」

「クラリスは有名人だからな」

エリスの設立した診療所は領内で知らぬ者がいないほど有名になった。自ずと、そこで働く聖女のクラリスも名が知れ渡っていた。

特に磨かれた美貌は多くの人たちを魅了した。女神の生まれ変わりだと口にする者まで現れ、聖女をひと目見ようと、大勢の見物人が診療所に押しかけた。

その結果、クラリスは領内で知らぬ者がいないほどの有名人になったのだ。

「私なんて、アルト様のおまけでしかありません。ほら、見てください。すれ違った女性たちが、皆、振り返っていますよ」

「それは私が公爵だからだ……とはいえ、あれほど人前に出るのが嫌だったのにな。私も成長したものだ」

醜さで有名だったアルトは領民の前に姿を見せることを極力避けていた。しかし顔の呪いが解けてからは違う。領主として、表舞台に立つようになった。

もともと、アルトの領地経営の手腕は評価されていた。危険な魔物駆除を積極的に行い、税もほかの領地と比べても格別に安い。商業都市リアを王国でもトップクラスの大都市へと成長させた実績もある。

顔だけがネックで評価を落としていたが、その欠点も克服した今、名領主として領民たちから愛されるようになっていた。

「アルト様は領民から注目されても緊張しないのですね」

「いいや、するぞ」

「ですが堂々としているように見えますよ」

「気丈さを取り繕っているだけだ。君と手をつないでいるだけで心臓の鼓動が早くなるほどだからな」

「では手を離しますか？」

からかうような笑みを浮かべながら、クラリスが問いかけると、アルトは目に見えてわかるほどの動揺を示す。

「そ、それは駄目だ。このままでいてくれ」

「仕方がありませんね。つないでいてあげます」

ふたりが歩いているだけで街の活気が満ちていく。彼らは領地の誰もが認める理想のカップルだった。

「アルト公爵、それに聖女の娘さん。元気していたか？」

「クルツ様！」

クルツがもと通りに回復した腕でヒラヒラと手を振る。獅子のように茶髪を逆立たせているが、目もとには猫のような愛らしさが浮かんでいた。

「おふたりはデートかい？　だとしたら邪魔して悪かったな」

「いえ、お気になさらずに。クルツ様はなにを？」

クラリスが問いかけると、よくぞ聞いてくれたと言わんばかりに、クルツが自慢げになる。

「エリス商会からの帰りだ。実はシルバータイガーを討伐してな。一体丸ごと買い取ってもらったのさ」

「うれしそうな顔を見るに高く売れたようですね」

「まぁな。笑いが止まらねぇよ」

クルツは金貨が詰まった皮袋をジャラジャラと鳴らす。

シルバータイガーは白銀の体毛で覆われた虎の魔物だ。牙は剣に加工され、毛皮のコートは高級品として貴族たちに愛用されている。

そのため市場での価値は高い。討伐に成功すれば貴族ひとりが一年間暮らしていけるだけの金が手に入る。

だがその分、攻略難易度も高い。並の実力では手も足も出ないほどの強敵だが、彼は見事に打ち果たしたのだ。

「シルバータイガーは危険ではありませんでしたか？」

「まぁ、凶暴ではあるな。普段は魔物の森の奥地に潜んでいるから、人里に現れるのは稀だがね」

「どうして人里に？」

「天敵となる魔物でも現れたのかもな。だが理由は関係ねぇよ。人を襲った魔物を野放しにはできない。憐れんでやるが、討伐したことに後悔はない」

戦争経験者のクルツにとって命の優先順位付けは日常的だ。敵より味方を優先し、村で暮らす人を守るために魔物を狩る。彼は身も心も強靭だった。

「クルツ様はお強いのですね……」

「闘いには慣れているからな。それに仲間がいたおかげでもある」

「負傷兵の皆さんですね？」

「おう。友を守るためなら剣を振るうのにためらいはなくなり、背中を預けられるからこそ全力をぶつけられる。仲間ってのはいいもんだ」

戦場という過酷な環境を生き抜いてきたクルツの言葉には重みがあった。心から仲間を信頼しているのだと伝わってくる。

この友情こそがクルツの強みでもあった。

貴族ならば魔法を扱うことができる。徒党を組んだ魔法使いならば、魔物に引けを取ることもない。だがその徒党を組むという行為が本来なら難しいのだ。

貴族は幼少の頃から選ばれた人間として育てられるため、プライドが肥大化している。仲間のためにがんばるという感覚が欠如している者も多い。

だがクルツはそんな貴族たちをひとつの集団にまとめ上げていた。彼のカリスマ性と友を想う気持ちによってのみ、なせる業であった。

「俺たちは幸せだ。自分の力で稼いで、暮らしていけるんだからな……本当にふたりには感謝している。それこそ命を投げ出せるほどにな」

「命だなんてそんな軽々しく口にしないでください。クルツ様も私たちの大切な仲間なのですから……」

クラリスの言葉にクルツの口もとに小さな笑みが浮かぶ。彼女は彼にとって恩義のある大切な人だ。だからこそ仲間だと認めてくれていることに喜びを隠しきれなかったのだ。

「仲間か。いい響きだな」

「それに負傷兵として登録されていると、徴兵が免除されます。帝国との戦争に駆り出されることもありませんし、ゆったりとした日常を満喫してください」

「日常か……そりゃ帝国との戦争には駆り出されないだろうが……ただなぁ……」

クルツが悩ましげに頭をかく。なにかを言いたげな態度に、アルトは考えを察する。

「アルト領の軍事力が増したことを心配してくれているのか？」

「まぁ、そういうことだ」

「強くなるとなにかマズイのですか？」

　クラリスがありのままの疑問をぶつける。軍事力が増すことで、むしろ抑止力になるのではと思えたからだ。

「公爵領は王国に七つあるが、アルト領はその中でも最弱だった。だからこそ無視されてきたことも多い。だが力を得たことで、残り六人の公爵たちは、きっと私たちのことを警戒するようになる。それが争いの火種に発展するかもしれない」

　王国内で公爵同士の紛争が始まれば、大勢の領民を犠牲にすることになる。それだけは絶対に避けなければならない。

　クラリスは悲劇を想像してしまい、目を伏せる。悲しむ彼女を見ていられないと、アルトは手をギュッと握りしめた。

「心配しなくてもいい。ただの可能性の話だ」

「で、ですよね。きっとこれからも平和な毎日が続きますよね」

「そうだとも……私が、どんな手段を使ってでも、この日常を守ってみせる」

　活気ある街を見つめながら、アルトはそう宣言する。その凛々しい横顔にクラリスは見惚れるのだった。

王族は十歳になったタイミングで国王より宝刀を授与される。鞘には宝石がちりばめられ、抜くと刀身には白い波のような刀紋が浮かぶ。ハラルドの自慢の刀であり、見ているだけで王族としての誇りが湧き上がった。

「さすがは代々王家に伝わる宝刀だ。一流、それこそが俺にふさわしい」

上機嫌で刀を太陽の光に翳《かざ》す。強調された刀紋の美しさに、うっとりとしてしまう。

「俺は欲しいものはすべて手に入れる。クラリスもすぐに俺のものになる」

ハラルドが負傷兵を押しつけたことにより、アルトは私財を失う予定である。クラリスが貧乏な生活をしているところへ、白馬に乗った自分が現れるのだ。きっと彼女は振り向いてくれる。愉快な妄想に口もとのニヤニヤが止まらなくなった。

「王子、失礼します。商人のフェルです」

「おう、入れ」

「では失礼して」

恭しく頭を下げるのは、ハラルドのなじみの商人であるフェルだ。女性のような顔立ちをしている男で、軍隊時代の戦友でもある。小さな顔に似合わない大型のトランク鞄を運ぶ様は愛らしさを感じさせた。

「本日はずいぶんと上機嫌ですね」

「わかるか？」

「長い付き合いですから」

「よきことがあったのだ。これからバラ色の結婚生活が始まる。結婚式にはお前も招待してやるからな。ありがたく思えよ」

「それは光栄です。ですが王子がそれほどまでに惚れ込むとは。よほどの美女なのでしょうね？」

「結婚式で会うのを楽しみにしていろ」

フェルはハラルドと長い付き合いだ。だからこそ女性に惚れ込む彼を意外だと思う。

（リーシャ様と婚約していた時は、どこか本気さを感じませんでした。それ以前のクラリス様も最終的には婚約を破棄されましたし、どのような女性が彼の心を射止めたのでしょうか）

疑問は膨らんでいくが、結婚式までの楽しみに取っておくことにする。それよりも商人としてやるべきことがあった。

「それで本日は女性向けの商品をお探しとか？」

「贈り物にしたくてな」

「王子の寵愛を受けられるとは。幸せな女性ですね」

「そうだろうとも。今頃はきっと貧しい暮らしで苦しんでいるだろうからな。俺が優しくしてやるのだ」

「それは素晴らしい。では、その女性が涙を流して喜ぶような品を用意せねばなりませんね」

トランク鞄から銀色の光沢を放つ毛皮の外套を取り出す。ハラルドはその素材に心あたりがあったため、ハッとするような表情を浮かべる。

「まさかそれはシルバータイガーの毛皮か？」

「ご明察です」

「おおっ、すご腕の冒険者でも複数人で挑まねば討伐できない魔物ではないか。そのような良品をどのようにして手に入れたのだ？」

「エリス商会から買いつけました」

「そんな商会が王都にあったか？」

「いえ、王都ではなく、アルト様が治める商業都市リアにある商会です」

アルトの名前を聞き、ハラルドの眉間に皺が刻まれる。

「……あいつの領地にそんな優良な商会があったか？」

「魔物ビジネスで名前を売り始めたのは最近の話ですからね。ご存じないのも無理はありません」

「魔物ビジネス？」

「その名の通りです。魔物を狩って、素材を加工して輸出しているのです。このシルバータイガーの外套もそのひとつです」

「お、おい、待て。では商会がシルバータイガーを討伐できる戦力を保持しているということか？」

王国軍の強者たちが束になってようやく倒せる魔物を、名も知らぬ商会が討伐できるはずがないと驚く。しかし続けられた言葉で、それ以上の衝撃を受けた。

「負傷兵のおかげだそうですよ」

「ふ、負傷兵だとおおおっ！」

「急にどうしたのですか、王子？」

「い、いや、取り乱してしまった。続けてくれ」

「アルト領に受け入れられた負傷兵たちが魔物を狩っているそうです。千人の強者が徒党を組んでいるせいか、魔物相手に負け知らずだそうで、アルト領の経済は魔物バブルで沸いています」

フェルはハラルドとアルトが険悪な関係であることを知らない。弟を褒めることで機嫌を取ろうとするが、彼から返ってきたのは乾いた笑い声だった。

「は、ははは……な、なにを言っているんだ、お前は……負傷兵が魔物と戦えるはずがないだろ。あいつらは肉体の欠損者や重傷者の集まりなんだぞ！」

「なんでも、クラリス様の回復魔法で癒やしたそうですよ。やはり聖女の力はすさまじいですね」

「ク、クラリスが……ならあいつは……アルトは貧乏貴族に落ちぶれてはいないのか？」

「むしろ魔物バブルのおかげで、絶好調だと思いますよ」

「クソオオオオッ」

ハラルドは恥も外聞も捨てて、魂のおたけびをあげる。彼の計画は失敗したどころか、うまく利用されてしまったのだ。

「クソッ、クソッ、なんだこれは。まるで俺がアルトよりも無能だと言わんばかりの展開ではないかっ」

「王子、どうか落ち着いてください」

「これが落ち着いていられるかっ！」

ハラルドは怒りを発散するように、刀で目につく家具を切りつける。机は真っぷたつにされ、椅子は脚を失った。

だが怒りは収まらない。勢いをそのままに、大理石の壁を切りつける。その瞬間、悲劇が起きた。

鉄さえバターのように切り裂くとの伝説が残る宝刀は、大理石の硬さに耐えられなかったのか、刃が折れて、宙を舞う。伝説は眉唾だったと、無残な結果が教えてくれた。

「お、王家に伝わる宝刀があああっ！」

ハラルドはショックで膝から崩れ落ち、呆然と刃の欠けた宝刀を見つめる。戦場で折れたのならまだ納得できた。しかし弟への嫉妬心から八つ当たりで振るった結果、大切な宝刀を失ってしまったのだ。先祖たちに顔向けできないと、ハラルドの目尻には涙が浮かんでいた。

「わ、私はこれで失礼いたします」

フェルは刺激しないように部屋を後にする。商談は崩れたと、彼は本能で察したのだ。

「ク、クラリスがいてくれれば……」

きっと優しく慰めてくれたはずだ。だが彼女はそばにはいない。婚約破棄した自分の愚かさを悔やむように、残された部屋でむせび泣くのだった。

●

クラリスにとって誕生日は特別な日ではなかった。家族から祝われた覚えはなく、いつも双子の妹であるリーシャだけが祝福されていた。

そのため自分の誕生日を意識する機会がなかった。だが夫であるアルトは違う。愛妻家の彼が最愛の妻の誕生日を忘れるはずもない。

談話室に呼び出されたクラリスの目の前には、ラッピングされた箱が置かれていた。ガシガシと音を鳴らす箱を、彼女は興味深げに見つめる。

「アルト様、この箱はいったい？」

「君への誕生日プレゼントだ。受け取ってもらいたい」

「高価な贈り物はいりませんよ。アルト様がそばにいてくだされば、それだけで十分なのですから」

「君ならそう言うと思い、趣向を凝らしてみた。開けてみてくれ」

「アルト様がそうおっしゃるなら……」

宝石やドレスでないことは、プレゼントの箱から鳴る音で気づいていた。ビックリ箱の可能性が頭に浮かんだが、アルトがそんなくだらないことをするとは思えない。

ラッピングをはずし、ゆっくりと木箱の蓋《ふた》を外す。中にはシルバータイガーの子供がいた。

「わぁ～、かわいいですね」

「にゃ～」

愛玩用として調教されているのか、人に慣れている。クラリスの顔を見ると、媚びるような声をあげた。

シルバータイガーを木箱から抱き上げる。銀色の体毛はモフモフとやわらかい。本来あるはずの鋭い爪は、愛玩動物として育てられる過程で切られていた。

「うふふ、かわいいですね」

クリッとした瞳に、猫のような鳴き声。成長すれば恐ろしい魔物になるとは想像できないほど、愛くるしい外見だった。

「気に入ってもらえたようだな」

「この子のこと、大切にしますね」

「そうしてくれ。きっとクルツの奴も喜ぶ」

「クルツ様が？」

「暴れていたシルバータイガーを討伐した際に、この子を捕まえたそうだ。今までエリス商会で育てられていたが、裕福な飼い主のもとで暮らした方が幸せになれるだろうと、私のもとへ売りに来たのだ」

「エリス商会は魔物の飼育も得意なのですね」

「あそこはなんでも扱うからな。それに私も助かっている。いくら子供とはいえ、シルバータイガーは凶暴な魔物だ。教育なしでは、使用人やクラリスを襲うかもしれないからな」

人と共生するのだ。クラリスなら自己犠牲の精神で許せても、使用人たちは凶暴な魔物に怯えてしまう。

クラリスは抱きかかえたシルバータイガーをジッと見つめる。愛くるしい瞳に、心が癒やされていく。

「あの、この子を仲間たちのもとへ帰すことはできないのでしょうか？」

「もしかして贈り物は迷惑だったたか？」

「いえ、そういうわけではありません。ただ独りぼっちは寂しいと思うので……」

「残念だが難しいだろうな……なにせシルバータイガーたちは人里に現れたのだからな」

シルバータイガーが姿を現したのは、魔物の森の奥地から逃げてきたからだ。仮に森に帰したとしても、原因となる脅威が消えない限り、結果は変わらない。

「それに独りぼっちではないさ。クラリスがいるだろ」

「私が……」

「君が家族になってあげれば、寂しい思いもしないで済む。本当の親以上に大切に育ててあげればいい」

「アルト様らしい答えですね」

血のつながった者と過ごすことだけが幸せではない。事実、クラリスも実家で暮らしていた時よりアルトの婚約者になってからの方が幸せだった。

「では名前を決めましょう。シルバータイガーですし、ギン様でいかがですか？」

「にゃぉ～～」

「気に入ってもらえたようですね」

会話をすることはできなくてもコミュニケーションをとることはできる。クラリスに心を許したことを知らせるように、頬をすりすりと寄せていた。

「さて、私は今晩のパーティの準備をしなければならないからな。これで失礼するよ」

「パーティですか？」

「クラリスの誕生日パーティだ。楽しみにしていてくれ」

アルトはそれだけ言い残すと、談話室を後にする。残されたのはクラリスとギンだけになった。

「ふむ、奴は消えたかにゃ」

「え？」

誰もいないはずの部屋から声がした。どこから聞こえたのかと視線を巡らせるが人の姿はない。

「我が輩の声にゃ」

「え、まさか……」

「さよう。そのまさかにゃ」

抱きかかえていたギンが声の主であった。なぜ魔物が人語を話すのか。疑問と驚愕《きょうがく》で頭の中がいっぱいになる。

「我が輩が人間の言葉を話すことが不思議かにゃ？」

「それはまぁ。先ほどまでにゃーと鳴いていましたから」

「あれはアルトとかいう人間がいたからにゃ。あやつは信頼できん。だから正体を明かさなかったのにゃ」

「正体ですか？」

「さよう。我が輩は前世では人間だったのにゃ。それが生まれ変わり、シルバータイガーの子供に転生したのにゃ」

人が死んで生まれ変わるのは、おとぎ話ではよくある。だが現実に起きるとは到底信じられない。クラリスはギンにジッと怪訝《けげん》な目を向ける。

「やはり信じられません」

「疑り深いにゃ」

「納得するためにも教えてください。人間の頃のギン様はどういう人だったのですか？」

「それは……思い出せないのにゃ」

「人間だったことは覚えているのに？」

「我が輩が前世を思い出したのは、つい先ほど、お主と出会ってからにゃ。無理を言うでないにゃ」

「これはまさか、私が原因なのですか!?」

クラリスは聖女だ。そばにいることでギンに影響を及ぼし、人語が話せるようになった可能性は十分にある。

「とにかく我が輩は人間なのにゃ。敬意を持って接するにゃ」

「は、はい！　ギン様のことは大切に育てます！」

クラリスは前世を思い出すことになった責任をとるためにも、ギンのことを人一倍、甘やかすと決める。

「ですがギン様、ひとつだけ訂正していただきたいことがあります」

「訂正にゃ？」

「アルト様は信頼できる人です。そこだけは譲れません」

「お主はそう言うが、あやつの仲間は我が輩の爪を切ったにゃ」

「それは危ないからで……」

「それにあやつに似た男が――」

言葉を遮るようにギンの腹の虫が鳴く。尻尾を丸めて、バツが悪そうなそぶりを見せる。

「ふふ、お腹が空いたのですね」

「我が輩に馳走を用意するのにゃ」

「お食事なら、グラン様に聞いてみましょう。なにかお持ちかもしれません」

頼りになる使用人の彼ならば、ギンの食事を用意できるかもしれない。談話室を飛び出して、グランの姿を捜す。

だがグランは見つからない。代わりに缶詰を手にしたアルトがやって来る。

「アルト様、その缶詰は……」

「ちょうどよかった。ギンを引き取る時に、餌ももらっていてな。渡しに行くところだったのだ」

受け取った缶詰には『ネコ満足』と記されている。

「シルバータイガーにネコの餌をあげてもよいのでしょうか？」

「新製品らしくてな。魔物でも食べられるように加工してあるそうだ」

「でもギン様、ネコ扱いされたら怒るかもしれません」

「ははは、シルバータイガーは魔物だぞ。人間のようなプライドはないさ」

アルトはギンが人語を話せることを知らない。彼に隠し事をしているようでうしろめたいが、ギン自身が秘密にしていることを伝えるわけにもいかない。

「ではこれをギン様に渡してきますね」

アルトと別れ、談話室に戻る。ギンは待たされたことが不満なのか、ムスッとした表情を浮かべていた。

「お腹が空いて、我慢できないのにゃ。早く食べさせるのにゃ」

「では、これをどうぞ」

缶詰の蓋を開けて、ギッシリと詰まった餌をギンの前に置く。だが腹の虫を鳴らしながらも、口をつけようとしない。

「ギン様、どうかしましたか？」

「これはネコ缶にゃ！　我が輩が誇り高きシルバータイガーであると忘れたのかにゃ⁉」

「この缶詰は魔物の口に合うように加工されているそうですよ」

「で、でも、ネコ缶であることに変わりはないにゃ」

「困りましたね。では別の食事を探しに……」

「ま、待つにゃ。ものは試しというにゃ。ひと口だけ食べてみてやるにゃ」

ギンが缶詰に顔を近づけると、恐る恐る口をつける。何度か咀嚼《そしゃく》すると、目を輝かせて、バグバグとかじりついた。

「うふふ、どうやら気に入ってもらえたようですね」

「我が輩の肥えた舌を満足させるとは……ネコ缶、恐るべしにゃ」

「素直じゃないギン様もかわいいですね」

銀色の毛をなでると、絹に触れているかのような感触が手のひらに広がる。ギンもまんざらではないのか、おとなしく受け入れていた。

「我が輩の見込んだ通り、お主は信頼できるにゃ。だから……我が輩の家来にしてやるにゃ」

「うふふ、それは光栄ですね」

クラリスは新しい家族に優しげに微笑む。ギンもまた甘えるような声で「にゃ～」と鳴くのだった。

ギンが家族になってから数日が経過し、クラリスとはすっかり仲良しになった。だがほかの人間にはまだ心を閉ざしており、彼女のもとから離れようとしない。

「アルト様」

アルトが廊下から見える内庭の光景に、心を奪われていた。その隣に立ち、クラリスも同じ光景を眺める。キラキラと露に濡《ぬ》れた芝生が輝き、庭の中央にはあずまやまで設置されている。嫁ぐためにやって来たばかりの頃の荒れ放題だった庭からは想像できない光景だった。

「これも使用人の方々が増えたおかげですね」

「だな」

隣に立つアルトも庭の美しさに見惚れていた。ふたりは心の中で使用人たちに感謝する。

「でもどうして急に使用人の数を増やしたのですか？」

「魔物バブルで経済が潤っているだろ。予想以上に税収が多くてな。貯蓄していても経済は回らない。雇用を生み出すために庭師を採用したのだ」

公共事業を含め、人に働く場を提供するのも領主としての役割のひとつだ。人は仕事があれば、自分にプライドを持てる。庭師の採用も自分のためというより、領民への奉仕活動の一環だった。

「庭師だけじゃないぞ。実は屋敷も増築中でな。いずれはギンの部屋もつくる予定だ」

「きっとギン様も喜びますね」

「これで心を開いてくれるといいが……」

クラリスの足もとに寄り添うギンに目線を送るが、「にゃ～」と鳴き声を返すだけだ。人語を話すそぶりはない。

「気長に待つしかなさそうだな」

「ギン様もいつかはアルト様に心を開いてくれるはずです。ねぇ、ギン様」

「にゃ～」

ギンの鳴き声を聞きながら、アルトはこれからの増築計画について語る。部屋の数を現在の三倍以上に増やし、王宮に負けない立派な屋敷にしてみせると意気込む。

「アルト様、あまり私のために無理をしないでくださいね」

アルトのがんばりはクラリスへの愛ゆえだ。彼は愛されていると実感しつつも、醜さのコンプレックスを抱き続けてきた。

どうしても不安を拭いきれず、クラリスをつなぎ止めるために、無意識のうちに兄であるハラルドに対抗意識を燃やしていたのだ。

だがそんな心情をクラリスは見抜いていた。自分のために努力してくれる彼を、よりいっそう愛おしく感じながらも、無理はしないでほしいと願う。

「心配をしてくれてありがとう。やはりクラリスは優しいな」

「私なんて、そんな……」

「だがこれはクラリスのためだけではないのだ。立派な屋敷は公爵としての威厳を保つのにも役に立つ。特にこれから訪れる客のような人物を相手にする場面ではな」

噂をすれば影。屋敷の玄関を叩く音が聞こえる。待っていた客が訪れたのだと察する。

「私は出迎える準備をする」

「では私が応接室までお連れしますね」

クラリスはアルトと別れ、玄関先に顔を出す。丸々と太った男性が、部下の護衛たちを従えていた。

一見して貴族だと判別できる容貌だ。派手派手しい朱色の外套をまとう彼は、ニチャッと下卑た笑みを浮かべながら、使用人たちを怒鳴りつける。

「おい、わしを誰だと思っている。王国で序列第六位、フーリエ公爵様だぞ。アルト公爵をさっさと呼び出せ」

フーリエの怒りを受けて、使用人たちはビクッと肩を震わせる。貴族はすべからく魔法使いである。圧倒的な強者のピリピリとした空気は、獅子と同じ牢屋の中にいるような錯覚さえ覚える。

「私がご案内します」

クラリスが顔を見せると、使用人たちは安堵《あんど》の息をこぼす。彼女に任せておけば安心だと、彼らは自分たちの持ち場へと戻った。

「アルト様は応接室でお待ちです」

クラリスが先導する形で赤絨毯の敷かれた廊下を進む。窓の外には内庭の美しい光景が広がっていた。

「ほぉ……素晴らしいな」

「庭の美しさに心を打たれますよね」

「そうではない。素晴らしいと表現したのは、貴様のことだ。どうだ？　わしの愛妾《あいしょう》にならないか？」

「え、わ、私がですか⁉」

「ふむ。悪い話ではあるまい。わしは公爵だからな。金も潤沢に与えよう。どうだ？」

「も、申し訳ないのですが、私には好きな人がいますので」

「誰だ、そいつは。金の力で黙らせてやる」

「あ、あの……」

「いいからっ、わしのものになれ」

フーリエがクラリスに掴みかかろうとする。その瞬間、彼の魔の手を遮るように、ギンが小さな牙をむき出しにした。

「シルバータイガーの子供か。畜生がわしに歯向かうとは無礼千万！」

フーリエはギンを蹴り上げる。幼い体では衝撃を受け止められるはずもなく、吹き飛ばされてしまう。

「ギン様！」

クラリスはギンに駆け寄ると、回復魔法で治療する。命に別状はなく、すぐに意識を取り戻す。ほっと胸をなで下ろした。

「さぁ、邪魔者は排除した。今度こそ一緒に来てもらうぞ」

フーリエはクラリスの腕を掴もうと手を伸ばす。だが彼女を守る者はギンだけではなく、もうひとりいた。アルトがクラリスをかばうために、その手を遮ったのだ。

「待っても来ないからなにか起きたのかと様子を見に来て正解だったな」

「アルト様！」

「私のうしろに下がっていなさい」

アルトがギュッと鋭い視線を向ける。鬼のように恐ろしい表情に、フーリエはゴクリと息をのんだ。

「こやつは貴様の愛人か？」

「私の花嫁だ」

「なるほど。つまりこやつが尻軽聖女か」

「私に喧嘩を売っているのか？」

「なんだ、その言い草は。わしは公爵だぞ」

「それならば私も公爵だ。立場は同じだということを忘れてもらっては困る」

「いいや、貴様とわしでは格が違う。七つの公爵家の中でも最弱の貴様と、序列第六位のわしでは、同じ公爵でも明確に権力に差があるのだ」

フーリエの言葉の節々には、アルトを見下すようなニュアンスが込められていた。大切な婚約者を馬鹿にされて、クラリスもムスッと頬を膨らませる。

「まぁいい。貴様の無礼は、わしの要求をのむなら許してやろう」

「要求？」

「貴様の領地から魔物の加工品が流れてきておる。そのおかげで貴様も儲けたはずだ。その金をわしに返せ」

「はぁ？」

なにもうしろめたいことのない正式な商業活動で得た金を返せとの要求に、アルトは眉をひそめる。だがその要求は当然だと言わんばかりに、フーリエは脅し文句を続ける。

「王国一の豊かな農場を持つフーリエ領を敵に回す覚悟はあるのか？」

「それは……」

「領民も大勢苦しむぞ。金を払い、土下座するなら許してやろう。どうする？」

「私は……」

もしフーリエを敵に回せば、食料の供給を止められる可能性もある。そうなれば貧しい暮らしを領民たちに強いることになる。

領主としての覚悟を決め、土下座しようと膝を折る。だがその動きは途中で止まった。フーリエが許されざる言葉を口にしたからだ。

「ついでに尻軽聖女もわしがもらってやる。厄介者の処理もできるのだ。わしに感謝するのだな」

「――ないッ」

「なんだと?」

「クラリスを馬鹿にする者を私は許さないッ!」

理性よりも先に手が動いていた。放たれた拳がフーリエの鼻をつぶす。鼻血をまき散らしながら、ブヨブヨの肉体が廊下を転がった。

だがフーリエは魔力を宿す貴族である。素手での殴打では致命傷にならない。ゆっくりと立ち上がると、怨嗟《えんさ》の視線をアルトへと向けた。

「き、貴様、わしにこんなことをして無事で済むと思うなよ」

「覚悟の上だ」

「クソッ、わしは不愉快だ。帰るぞ!」

護衛の兵士たちを引き連れて、フーリエは逃げるように屋敷を後にする。クラリスを巡る騒動がまたひとつ新たに始まったのだった。

●

王宮の廊下を歩くハラルドは大きなあくびを漏らしていた。太陽が昇り始めてすぐの早朝だ。眠気を我慢しているだけ偉いと、自分を褒める。

「これでくだらない用件なら処罰してやる」

会議室の扉を開ける。そこにはなじみの大臣たちと、筆頭公爵のグスタフ、そして今回の緊急動議の主催者であるフーリエが待っていた。

「さっそく会議を始めよう。それでフーリエ公。今日の議題はなんだ？」

「アルト公爵についてです」

「弟についてだとっ！」

耳にタコができるほどアルトの活躍を聞かされたハラルドは、またかという思いに駆られる。聞きたくもない賞賛を聞かされるために早朝から呼び出されたのかと、怒りをあらわにした。

「それで弟がどうかしたのか？」

「王子はお怒りになられるかもしれませんが、どうか言わせていただきたい。アルト公爵の和を乱す行いを見過ごすことができません！」

「がははは、よくぞ、口にしてくれた。フーリエ公！」

眠気が一発で吹き飛ぶほどの歓喜に包まれる。アルトへの愚痴ならば、徹夜明けでも饒舌《じょうぜつ》に語り合えると、キラキラと目を輝かせる。

「それでアルトの奴はどんな問題行動をとったのだ？」

「噂には聞いているかもしれませんが、魔物ビジネスでアルト領は経済発展しています。金は集まり、領民たちも活気づいているとか。ですがその金は無から生まれたものではありません。我々周辺領地の犠牲の上に成り立っているのです」

例えば魔物の毛皮を素材にした鞄が売れれば、自領地で作られている牛革の鞄が売れなくなる。質の高い商品は、粗悪な商品を淘汰《とうた》するため、フーリエ領内で生産されていた装飾品や武具は在庫の山になっていた。

「わかるぞ。アルトは本当にひどい奴だ」

「王子、わかっていただけますか……」

「もちろんだとも。それでお前はなにを望む」

「王家の大号令により、アルト公爵に誅罰《ちゅうばつ》を！」

フーリエは王家を巻き込むことにより、王国すべての力をアルトにぶつける算段だった。ハラルドはよき口実ができたと、その提案に同意しようとするが、邪魔するように大きな笑い声が響いた。

「どうしたのだ、グスタフ公？」

「早朝からの緊急会議にもかかわらず、内容があまりにもくだらなくてな」

「わしの提案を馬鹿にする気か？」

「するさ。なにせその提案は、私利にまみれたものだからな」

「わ、わしは王国のことを考えて……」

「なら経済発展は喜ぶべきことではないか。アルト領が潤えば、それがそのまま王家への税収となるのだからな」

「そ、それは……」

「さらに核心をついてやろう。貴様は序列第六位の座をアルト公爵に奪われないかと恐れているのだ」

　序列は経済力と軍事力によって決まる。魔物ビジネスで得たアルト領の資金力、元負傷兵たちの軍事力。どちらもフーリエ領と比較して遜色はない。序列が逆転するのは時間の問題だが、フーリエはそれを認めない。

「グスタフ公、勘違いされては困る。わしの領地で囲っている兵隊は幼少の頃から訓練を積んだエリート揃いだ。戦場から怪我をして帰ってくるような連中に敗れることはない。戦争になれば我らの勝利は間違いないのだ」

「ふっ、エリート揃いか。これだから戦争を知らない田舎貴族は……」

「き、貴様、わしを愚弄するか？」

「馬鹿を愚弄してなにが悪い」

「ば、馬鹿だとっ⁉」

「そうだ、馬鹿だ。負傷兵たちは帝国との戦争を経験しているのだぞ。魔法を扱える者も多い。命を懸けられる強者の軍勢は私でさえ油断できない相手だ。彼らを見くびる者がいるとしたら、それは馬鹿者だけだからな」

「うぐっ……」

筆頭公爵であるグスタフの軍事力は王国でも群を抜いている。そんな彼が油断できないと口にしているのだ。

アルト領の軍事力は本当に油断できないかもしれないと、フーリエは背中に冷たい汗を流す。敗北の可能性が恐怖となり、手のひらに汗を浮かばせた。

「フーリエ公、俺はよき方法を思いついたぞ」

「王子がですか？」

「問題を解決できる妙案だ」

「それで、どのような方法なのですか？」

「簡単だ。フーリエ公も軍事力を増せばいいのだ」

「はぁ」

フーリエは乾いた声でうなずく。軍事力を増すと口にするのは簡単だ。だが現実は違う。予算や人材の制限がある中ではたやすいことではない。

「アルト領の元負傷兵たち、そいつらを王家の命令でフーリエ領に移住させてやる」

「そのようなことが可能なのですか⁉」

フーリエは想像もしていなかった提案に目を見開く。彼の疑問に答えるように、ハラルドは自信に満ちた笑みを返す。

「もちろんだとも。なにせ俺は王子だからな」

「おおっ」

即戦力の千人は喉から手が出るほどに欲しい人材だ。必要な人件費もアルト領との戦争にさえ勝利すれば、奪った領地で十分にもとが取れる。

「王子、肝心なことを忘れていませんか？」

「なんだ、グスタフ公。俺がなにを忘れていると言うのだ？」

「負傷兵は徴兵が免除されます。王子の命令を聞く義務は彼らにないのですよ」

「それこそ心配無用だ。あいつらはもともと王家のために働いていたのだ。王子である俺が命じれば、その忠誠心から自発的にフーリエ領で働こうとするはずだ」

根拠のない自信に満ちたハラルドは、成功を確信して喉を鳴らす。彼の自信につられるようにフーリエも笑った。

だがグスタフを含め大臣たちはあきれたと眉間を押さえていた。王家の将来を心配するように小さくため息をこぼすのだった。

●

眠りから目覚める方法には個人差がある。鶏の鳴き声をキッカケにする者や、音が鳴る道具に頼る者、家族に起こしてもらう者もいる。

クラリスは窓から差し込む日光で目を覚ますのがお気に入りだった。まぶたをこすりながら、起き上がる瞬間に一日の始まりを実感できるからだ。

しかし今朝の目覚めはいつもと異なる。屋敷の外から聞こえてきた騒音が原因だった。

耳を澄ますと騒音の正体が大勢の人たちの怒りの声だとわかる。非常事態が起きていると察し、身支度を整えると、部屋を飛び出した。

「アルト様！」

クラリスは玄関ホールへとたどり着くと、アルトが額に汗を浮かべていた。その様子から、彼もまた部屋を飛び出してきたのだと知る。

「状況は理解しているな？」

「屋敷の外に人が集まっているのですよね？」

「武装した元負傷兵たちが押し寄せている」

「クルツさんたちがですか⁉」

こんな早朝から屋敷へ押しかけてくるのだから、ただ事ではない。クルツは信頼できる男だからこそ、その行動の意図が読めなかった。

「なにはともあれ、まずは話を聞かないとな。私のそばから離れるなよ」

「は、はい」

アルトの背中に隠れる形で、クラリスは屋敷の外に出る。千人を超える元負傷兵たちが集結し、屋敷を囲っていた。その光景に息をのむ。

「アルト公爵、聞いてくれ。俺たちは怒っているんだ！」

獅子のように茶髪を逆立てた人影が群衆の中から飛び出してくる。元負傷兵たちの代表であるクルツだ。彼の腰には剣が提げられていた。

ほかの元負傷兵たちも同様に槍や弓で武装している。今から戦場にでも赴きそうな様相である。

「クルツ、私がなにか皆を怒らせるようなことをしたのか？」

「なにを馬鹿なことを。あんたたちは恩人だぞ。怒りをぶつけたりするものか。俺たちが怒っているのはな、王子に対してだ！」

「あ、兄上に？」

話が読めず、疑問符を頭の上に浮かべていると、クラリスが一歩前へ出て、質問をぶつける。

「ハラルド様にどうして怒りを？」

「論より証拠だ。これを見てくれ」

「これは？」

「王子が送りつけてきた手紙だ」

紙面は文字でビッシリと埋め尽くされていた。内容を要約すると、『王家のために働かせてやるから、フーリエ領に移住しろ。才能を見抜いてやった俺に感謝するんだな』との記載だ。

「俺たちを厄介者扱いしやがった王族が、今さら働かせてやるだとっ！　ふざけるんじゃねぇ！」

クルツは手紙を破り捨てる。怒りで興奮しているのか、血管が浮かび上がっていた。

「俺たちを救ってくれたのは、あんたたちだ。決して王族なんかじゃねぇ。それなのにこんな手紙をよこした奴らを許せなくてな。闘いの許可をもらいに来たのさ」

「た、闘い？」

「今から俺たち全員で王宮に殴り込みに行くのさ。その許可が欲しくてな」

「えぇぇぇっ」

あまりに物騒な発想に驚きながら、なんとか暴力を止めるべく、クラリスは説得を試みる。

「あ、あの、ハラルド様もいいところはあるのですよ。例えばそう、手紙です。千人に対して手紙を書くのはきっと大変だったはずです。それほどクルツ様たちを大切に想っているのですよ」

「残念ながら手紙の筆跡はすべてバラバラだ。部下に代筆させたのはあきらかだ」

「で、でも、不器用なだけで……本当の彼は優しい人なのです……殴ったりするのは駄目なんです」

婚約破棄された過去があっても、クラリスはハラルドが心根の優しい人だと信じていた。だから彼には傷ついてほしくなかったし、クルツたちにも罪を背負わせたくなかった。

「王宮を襲撃するのは大罪です。禁固刑は避けられないでしょう」

「覚悟の上だ」

「ですが……私はクルツ様たちにそばにいてほしいのです。駄目でしょうか？」

悲しそうにまぶたを伏せると、クルツは気まずそうに頭をかく。

「あんたの優しさには勝てないな……」

「では……」

「怒りを我慢することにする。お前たちもそれでいいな？」

クルツが部下の元負傷兵たちに問いかける。彼らはその問いに『聖女様、万歳』とだけ答える。闘いをあきらめてくれたことに、クラリスはほっと胸をなで下ろした。

「さて、暴力はやめることにしたわけだが、このままだと気が収まらない奴もいるよな。そこで俺は素晴らしいアイデアを思いついた。王子に手紙を送ろうぜ」

「手紙ですか？」

「おうよ。千人がそれぞれの胸の内を文に綴《つづ》るんだ。王子がどれだけ失礼なことをしたのか、王子がどれほどクソ野郎なのか。書面を埋め尽くすほどの罵詈雑言《ばりぞうごん》をプレゼントしてやるのさ」

「あ、あの、それは……」

予想の斜め上に話が膨らみ、クラリスは戸惑うが、クルツはそれを別の意図で解釈する。

「平和的な解決手段に感動して言葉も出ないんだろ。わかるぜ。俺も自分の優しさを褒めてやりたいからな。おい、野郎ども。遠慮するな。ストレスをすべてぶつけろ！」

「おおおおっ！」

意気込む元負傷兵たちを止められる者はいない。この彼らの行動が、ただでさえ落ちるところまで落ちているハラルドの評判をさらに下げることになるのだった。


ハラルドは私室で山のように積まれた手紙に目を通していた。一通読み終えると、怒りをぶつけるようにクシャクシャに丸めて、ゴミ箱に放り投げる。

この一連の流れをすでに百通の手紙に対して行っていた。まだ手紙は山のように積まれており、読むのが億劫《おっくう》になる。

「元負傷兵の分際で俺を馬鹿にしやがって」

ハラルドが目を通した手紙の内容は罵詈雑言の嵐である。『無能な王子は弟の爪の垢を煎じて飲ませてもらえ』だの、『どの面下げて、俺たちに手紙を送ってきたのか見てみたい』だの、心を刺すような皮肉が綴られていた。

「クソッ、読まずに内容がわかればいいのだが……」

ハラルドが馬鹿正直に手紙に目を通しているのは、この中に王家への忠誠心が厚く、フーリエ領への移住を同意する者が交じっていると信じているからだ。

「王子、失礼します」

部下の男が追加の手紙を運んでくる。荷台に積まれた手紙の山はさらに標高を上げる。

「ずいぶんと量が多いな」

「手紙の差出人は、すべて同一人物ですね――クルツという男だそうです」

「クルツといえば、元負傷兵たちの代表格の男だな。しかもひとりでこれだけの量の手紙を送ってくるとは……熱意を感じるな……」

今まで読んだ百通の手紙には罵詈雑言が書かれていた。だが自己評価の高いハラルドは、たまたま読んだ手紙が悪かっただけだと信じていた。だからこそクルツの熱意を自分の都合のいいように解釈する。

「なるほど。そういうことか」

「なにかわかったのですか？」

「クルツという男だけは俺の価値を理解しているのだ。プレゼントのバラも一輪より花束の方が誠意は伝わる。大量の手紙でたたえようという腹積もりなのだ」

「さすがは王子。人望の厚さは王国一ですね」

「そうだろうとも……よろしい。お前も手紙の確認作業を手伝え。そして俺の素晴らしさを同僚の兵士たちに広めるのだ」

「は、はい」

部下の男は手紙を開封し、中身を確認していく。だが彼の顔色は見る見る青ざめていく。

「お、王子、私はこの手紙を本当に読んでもよいのでしょうか？」

「俺を賞賛する言葉が書かれていたのだろう。人に見られるのは照れてしまうが、特別に許可してやろう」

「い、いえ、あの……」

「どうかしたのか？」

「いえ、なんでもありません」

部下の男はクルツの手紙を開封しては中身のチェックを繰り返していく。そんな最中、彼は突然に笑いだした。我慢しようと努力しているのか、腹を押さえて、必死に耐えている。

「どうした？ ユーモアのある賞賛でも書かれていたか？」

「い、いえ、その……」

「俺にも見せてみろ」

「あっ」

部下の男から奪い取った手紙には予想と正反対の内容が記されていた。

『王子へ。我々、元負傷兵は馬鹿のもとで働くつもりはない。聞いたぜ。聖女の娘さんとの婚約を破棄したんだってな。人を見る目のないあんたは王の器じゃない。二度と王族を名乗らないでくれ』

ハラルドは怒りで唇を噛みしめる。だが手紙を読むのをやめるわけにはいかない。部下に読まれた以上、なんと書かれていたかを知る必要があるからだ。

『追伸、どうせこの手紙も部下に読ませているのだろ。おい、手紙の前のあんた。アルト領は働きやすくて最高の場所だぜ。もし馬鹿のもとで働くのが嫌になったら、いつでも連絡をくれよな。優秀な王国兵なら大歓迎だぜ』

ハラルドは手紙を読み終えると、ビリビリに破り捨てる。怒りで眉根に皺が刻まれていた。

「クソおおおおっ、元負傷兵のくせにふざけやがって！」

クルツが大量に手紙を送ってきたのは、ハラルドが本人ではなく、部下に読ませるだろうと彼の行動を予想したからだ。彼の評判を落としつつ、部下の引き抜きまでする。手のひらの上で踊らされていたと知り、怒りの声を我慢できなかった。

「おい、このクルツとかいう男、不敬罪で捕縛できないのか？」

「相手は貴族の出自です。それに……アルト公爵は彼らをかばうでしょうから」

「うぐっ」

公爵と正面から対立関係になるのは、王家の支配が揺らいでいる証拠になる。馬鹿にされたくらいで、そこまでのリスクは背負えない。

「どいつもこいつも、なぜ王子である俺の命令に従わないのだっ……いや、それよりも問題はフーリエ公との約束だ。千人分の兵力を用意できなければ、約束をたがえることになる」

会議の場での発言だ。大臣やグスタフも約束を聞いている。今さらできませんでしたとは口が裂けても言えない。

「どこかに余剰の兵はいないのか？」

「優秀な戦力は帝国との戦争に駆り出されていますからね。待機しているのは怪我人ばかりです」

「負傷兵か……いや、待てよ」

帝国との戦争は日々、大勢の怪我人を生んでいる。アルト領に押しつけた負傷兵以外にも、動けない者は大勢いるのだ。この待機している負傷兵を活用する手段をハラルドは思いついた。

「その負傷兵の傷を治せば、十分な戦力として使えるよな」

「ですが王子、クラリス様はアルト領の人間です。フーリエ領のために、傷を癒やすことはしないのでは？」

「誰がクラリスに頼ると言った。聖女ならもうひとりいるだろう」

「なるほど。リーシャ様ですね！」

「あの女に頼るのは癪《しゃく》だが、背に腹は代えられない。フーリエ領まで来るようにと連絡しろ」

「はい」

ハラルドは口もとに小さな笑みを浮かべる。聖女と聖女。互いの持ち駒が同じなら、弟に遅れを取ることはないと自信が表情に現れていた。

「待っていろよ、アルト。俺の方が優秀だと証明してやるからな。首を洗って待っていろ」

だがハラルドは忘れていた。リーシャがただの聖女であることを。そしてクラリスが歴代最高の聖女であることを。


数日後、ハラルドはフーリエ領の診療所を訪れていた。病室の数が多く、収容人数は二千人を超える大規模施設だ。

そんな診療所の中で、治療施設とは思えないほど贅を凝らした病室にハラルドはいた。部屋一面が白く塗られ、薬品のにおいが立ち込めているが、使われている調度品はどれも一級品である。それはベッドも例外ではない。帝国産の高級ベッドが設置されていた。

設置されたベッドは三つ。ひとつ目のベッドには赤髪の男が、ふたつ目には渋みのある老人が、三つ目には銀髪の少年が眠っていた。

意識なき彼らをハラルドは見下ろす。その瞳には期待の輝きがあった。

「王子、ここにいたのですね!?」

扉を開いて、病室に飛び込んできたのはフーリエだ。走ってきたのか、額に汗が浮かんでいる。

「王子、勝手なことをするのはやめてください！」

「勝手なこととは？」

「負傷兵のことです。ここの診療所へと搬送したそうではありませんか⁉」

負傷兵の面倒を見るとなれば、そのコストは多大な金額になる。特に上流階級である貴族たちが相手なのだから、一人当たりの費用は馬鹿にならない。

「勝手なことではない。千人の負傷兵を用意すると約束したではないか」

「そ、それは、回復した元負傷兵です。傷だらけの彼らを必要とはしていません」

「まぁ待て。俺に考えがあるのだ」

「考え？」

「リーシャの癒やしの力で、ここにいる負傷兵たちを回復させればいいのだ。そうすれば即戦力となる」

「なるほど。もうひとりの聖女の力ですか」

一時的な治療費を支払う必要はあるが、回復すれば、すぐに取り返せる支出だ。悪くない取引だと、フーリエは頭の中の算盤《そろばん》をはじく。

「いいでしょう。負傷兵千人、我が領地で受け入れましょう」

「理解の早い家臣を持てて、俺は幸せだよ」

ハラルドは約束を果たせたことに、ほっと胸をなで下ろす。だがフーリエの表情からは険しさが消えない。

「なにか懸念でもあるのか？」

「これで我々もアルト領と同じ戦力を手に入れましたが、相手も同じ力を持っています。正面から衝突した場合に、確実な勝利を保証できません」

「ずいぶんと弱腰だな。以前の大口はどうした？」

「グスタフ公ですら、あの警戒ですから。さすがのわしも慎重になるというもの」

だからこそ理想はアルト領の千人を奪えることだった。地力に差があるため、負けることは十中八九ないが、敗北の確率はゼロではない。リスクを取る覚悟がフーリエに求められていた。

「それなら問題ない。こちらには秘策があるからな」

「秘策？」

「彼らの存在だ」

ベッドで意識を失っている三人を指さす。彼らこそがハラルドの用意した秘中の策だった。

「この診療所でも最高級の病室を用意させたほどです。ほかの負傷兵たちより優遇されていることから、ただ者ではないと予想していましたが……どこの誰なのですか？」

「三名共、王国の英雄たちだ。名前を聞けば、お前でもピンと来るはずだ」

フーリエは三人の顔をジッと見つめる。最初に心あたりを得たのは赤髪の男についてだった。

「燃えるような赤い髪……もしや『龍殺《りゅうごろ》しの騎士ジェスタ』ですか？」

「正解だ。ちなみに老人は『千人斬りのリュウ』、銀髪の少年は『金剛砕《こんごうくだ》きのテフ』。ジェスタに負けず劣らずの怪物たちだが、残念ながら呪いで意識を失っている」

「呪いですか……なるほど。話が読めました。聖女の力で彼らを癒やすのですね？」

「三名の英雄たちを復活させれば戦力は十分。フーリエ領の勝利は確実になる」

「さすがは王子。素晴らしい計画だ」

「そうだろうとも。後はリーシャが来るのを待つだけだ」

「それは楽しみですなぁ」

だが約束の時間になっても、リーシャは訪れない。三十分、一時間と時計の針だけが刻々と進んでいく。

二時間が経過した頃、廊下を歩く音が聞こえてくる。扉を開いて現れたのは、忘れられない憎き顔。黄金を溶かしたような金髪と、海のように澄んだ青い瞳の悪女、リーシャであった。

「王子様、お久しぶりですわ」

「リーシャ、俺を待たせるとはどういう了見だ？」

「お化粧に手間取ったのです。仕方ないではありませんか」

「うぐぐっ」

「それはそうと、王子様は私と撚《よ》りを戻したいのですか？」

「そんなわけあるかっ！」

「恥ずかしがらなくてもよろしいのですよ」

リーシャは流れるような動きでハラルドに抱きつこうとするが、それを軽やかな動きでかわす。彼は腐っても元軍人だ。貴族の令嬢に捕まるほど、身体能力は低くない。

「王子様ったら、意地悪ですのね」

「勘違いしているようだから、はっきりと伝えておく。俺はお前が嫌いだ」

「あんなに愛をささやいてきたくせにぃ」

「あの時はお前の本性を知らなかったからだ！」

リーシャと話すたびに、怒りが沸々と湧いてくる。同時にクラリスの魅力を改めて認識する。彼女ならば、こんなふうに男に媚びるような真似はしないからだ。

「おい、貴様、リーシャとかいったな」

「誰ですの、このオジ様は？」

「わしはフーリエ領の公爵だ」

権力者だとアピールするようにフーリエが鼻を鳴らすと、リーシャは目を輝かせる。

「お金持ちですの？」

「当然だ！　ふん、ちょうどいい。わしの愛妾にならぬか？　金ならいくらでも出すぞ」

「えー、どうしましょう。でもやっぱり駄目。私、不細工な人って生理的に受けつけませんの」

リーシャはフーリエを金蔓《かねづる》にできないかと一考するが、すぐに無理だと結論づける。傲慢な彼女は金目当てでも、その相手には完璧さを求める。ハラルドのような美男子ならともかく、フーリエと一緒に過ごすことに耐えられそうになかった。

「き、貴様、わしを誰だと思っているのだ！」

「怖いですわ。私、もう帰ってもよろしくて？」

「駄目だ。お前にはやってもらうことがある」

意識を失っている英雄たちのもとへとリーシャを連れていく。眠る彼らの顔を見た瞬間、彼女の表情に花が咲いた。

「赤髪の人は綺麗な顔をしていますわねぇ。こっちの銀髪の少年も。ご老人は……守備範囲外ですわ」

「こいつらを治すのがお前の役目だ」

「回復魔法は疲れるから嫌ですわ」

「我儘を言うな。後で褒美は出す」

「王子様のお願いですから。特別ですのよ」

リーシャは英雄たちに手をかざす。全身から魔力を放ち、奇跡の治癒力を発現させる。まぶしい輝きに包まれていくが、一見すると、彼らに変化はなかった。

「治ったのか？」

「私には荷が重すぎましたわ」

「どういうことだ?」

「回復魔法は万能じゃありませんの。擦り傷や、風邪を癒やすのが限界ですの……呪いならもしかしてと思いましたが、やっぱり駄目みたいですわね」

「擦り傷や風邪って、クラリスはなくした腕さえ復元していたぞ」

「お姉様は別格ですもの。歴代最高の癒やしの力があるから治せただけですわ」

同じ聖女でも、リーシャとクラリスではできることが大きく異なる。信じたくない現実を知らされ、ハラルドは呆気にとられてしまう。

「つまりリーシャは役立たずということか?」

「ひどいですわね。女子力ならお姉様より私の方が上ですのよ」

頬を膨らませるリーシャだが、ハラルドたちは現状に絶望していた。頼みの綱の聖女の力が役に立たなかったのだ。それは即ち、アルト領と戦うための戦力を得られなかったことを意味する。

「出ていけ」

「え?」

「お前はもう用済みだ。うせろ」

ハラルドはリーシャを病室から追い出す。残されたふたりは気まずそうに視線を交差させる。

「駄目だったものは仕方ない。あきらめてくれ」

「それはないですよ、王子。負傷兵たちはどうするのですか⁉」

「受け入れを認めたはずだぞ」

「そ、それは、聖女の癒やしの力があるからで」

「だが認めたことには変わらない。つまり負傷兵の面倒を見るのは、お前の役目だ」

「それでは詐欺ではありませんか⁉」

理不尽だと額に青筋を張りながら、フーリエはハラルドの責任を追及するが、彼は耳を塞いでしまう。

「知るか。俺は関係ない。関係ないんだああああっ！」

ハラルドは叫び声をあげながら、病室を飛び出す。裏目に出た結果を認めたくないと、苦悩で顔をゆがませるのだった。

第三章　～『聖堂教会と食料不足編』～

クラリスたちの住む屋敷のはずれには馬小屋がある。飼われている馬は家主であるアルト自身の移動のためだけでなく、使用人たちが備品の購入のために外出する際にも利用されている。

そんな馬小屋の一角に、足をくじいた仔馬がいた。そばにはクラリスと、彼女を見守るアルトの姿もある。

「ではいきます」

クラリスが魔力を放ち、怪我を回復させる。いびつに曲がっていた足はもと通りになり、仔馬の顔色もよくなる。

「やはりクラリスの魔法は人以外にも効果があるのだな」

「私もびっくりしています。まさか動物にも効き目があるなんて……」

仔馬にも効果があるかもと提案したのはアルトだった。彼は回復魔法の効果について自分なりの分析をしていた。

「現状、判明している効果はふたつだな」

「傷を癒やすだけではないのですか？」

「それ以外にも体力を回復させられるのは間違いない。普通の病人なら傷が癒えても体力は落ち込んだままだが、この仔馬は健康な時よりも元気になっている」

回復魔法の応用力の高さは、王族の扱う自然現象を操作する魔法にさえ匹敵する。男爵家でも聖女だけは王族との婚姻が認められている理由がわかった気がした。

「失礼します。こちらに聖女様がいらっしゃると伺ったのですが」

黒のキャソックに身を包んだ男が頭を下げる。金髪赤眼の容貌に、透き通るような白い肌、そして首から下げている十字架が特徴的だ。容姿だけなら二十代だが、放っている雰囲気はそれ以上に大人びていた。

「君は誰だ?」

「申し遅れました。私はゼノ。聖堂教会の神父をしています」

王国ではほとんどの者が無宗教だ。だが信仰対象を強いてひとつあげろと問われれば、聖堂教会だと答えることが多い。

これは幼少の頃、教会を通じて道徳を教えられ、読み書き算術を叩き込まれるからだ。神は信じていないが、聖堂教会には感謝している。多くの王国民の共通認識だった。

「聖堂教会か……」

「聖堂教会の神父がなにをしにここに?」

「布教活動でアルト領を訪れたものですから、ぜひ、聖女様とお会いしたいと」

クラリスはアルトの背中から顔を出す。彼女を目にしたゼノは、瞳をとろけさせながら背筋を伸ばす。

「お久しぶりです、聖女様！」

「どこかでお会いしたことがありましたか？」

「私は聖女様に命を救われた者です」

「私があなたをですか？」

「ええ。ですが見覚えがないのも無理はありません。実は魔法によって顔を変えているのです」

ゼノは自分の力を証明するように、絹のような美しい黒髪の持ち主へと顔を変える。驚いていると、すぐにもとの顔へと戻した。

「変身魔法か。すでに使い手を失った力のはずだが」

「貴族は血が絶えれば魔法も失われます。私の一族もはるか昔に滅びたとされていました。しかし本家は滅んでも、分家筋に魔法を受け継いだ者がいました。それこそが私です」

「顔を変えているのも身の安全のためか？」

「それだけではありませんが、理由のひとつではありますね」

希少な魔法にはコレクターがいる。それこそ非人道的な手段で拉致するような者も珍しくない。世界にひとりの変身魔法の使い手だとしたら、危険を恐れるのも当然だった。

「私たちに魔法の秘密を話してもよかったのですか？」

「聖女様とその夫君ですから。信頼してのことです」

「でもあまり危険なことはしないでくださいね」

「ふっ、やはり聖女様はお優しいですね」

遠くを見るような茫洋とした目でクラリスを見すえる。その瞳に浮かぶ感情を推し量ることはできない。

「ゼノ様さえよければ、この後お茶でもいかがですか？」

「魅力的なお誘いですが、アルト領での慈善活動がありますので。経済的に豊かな領地ではありますが、貧困に苦しむ人たちはゼロではありませんから」

聖堂教会の布教活動はボランティアをベースとして進めていく。信仰を学ぶ余裕は衣食住が満たされてからだとの思想が根底にあるからだ。

「拠点となる教会も建設中ですから。完成の際にはぜひ、聖女様もいらしてください」

「お邪魔になりませんか？」

「なるはずがありません。聖堂教会の信徒は、聖女様を敬愛しておりますから。特に男性信者は、聖女様目あてで入信する者も多いのですよ」

神にも匹敵する癒やしの力を持つクラリスは、聖堂教会における象徴のような存在だ。信者ならば誰もが憧れる。特にその美貌は男たちを虜《とりこ》にしていた。

「クラリスは男性信者にモテるのか……」

「もしかして嫉妬してくれていますか？」

「仕方なかろう。愛している女性がほかの男に言い寄られたなら、私も嫉妬くらいする」

いつも冷静なアルトにしては珍しく、恥ずかしさで頬が紅潮する。そんな彼に、クラリスはクスリと笑みをこぼす。

「えへへ、アルト様はかわいいですね」

「か、からかうのはよせ」

「安心してください。私はあなた以外の男性に興味ありませんから」

ふたりの間に恋人特有の甘い空気が流れる。部外者を寄せつけない雰囲気に、ゼノは頭を下げた。

「おふたりが仲睦まじいようでなによりです。ではお邪魔虫はこれで」

「街へ行かれるのですか？」

「ええ。人が多い場所ほど困っている者も多いですからね。それでは、またどこかでお会いしましょう」

ゼノはペコリと頭を下げて、馬小屋を後にした。クラリスと再会できたからか、彼の背中はどこか満足げに感じられた。


ゼノとの出会いから数か月が経過した頃、肌寒い季節になった。雪が降るほどではないが、厚手の外套を羽織っている者が多い。クラリスとアルトもまた毛皮のコートに身を包んでいた。

「肌寒さは冬が近づいている証拠ですね」

「寒いなら手でもつなぐか？」

「それはよき考えですね」

絡めた指から互いの体温が伝わる。心まで温かくなり、幸せを実感できた。

「寒くても街は活気づいていますね」

「魔物バブルはまだ継続中だからな。それに聖堂教会が活躍しているおかげでもある」

「ゼノ様の慈善活動ですよね？」

「スラムの貧困層に衣食住の提供だけでなく、就労支援もしているそうだ。その者たちが働き手となり、経済を回す。そのサイクルが街の活気を生んでいるのだ」

労働人口が増えれば、領地は税収で潤う。聖堂教会の存在はアルト領にとっても大きなプラスになっていた。

「売り切れていた人気商品が入荷しました！」

「客引きの声も活気に満ちていますね」

「聖女様グッズ、ただいま限定販売です！」

「え？」

聞き捨てならない台詞にクラリスは足を止める。声が聞こえた店まで近づくと、そこには信じたくない光景が広がっていた。

「これは聖女様。よくぞいらっしゃいました」

「ゼノ様、こちらの店は……」

「聖女様グッズの専門店です」

「わ、私の……グッズ……」

理解できないと、頭の中が真っ白になる。

店頭に飾られているのは、クラリスの顔を模した『聖女様クッキー』だ。そばには羊毛で作られた『聖女様人形』まで置かれている。恥ずかしさに耳まで紅く染まる。

「あ、あの、どうして私のグッズを……いえ、それよりもこんなものを買う人がいるのですか？」

「いますとも。ほら、公爵様も買われています」

「アルト様！」

「クラリスのグッズだぞ。買わないはずがない」

どちらかといえば引っ込み思案なクラリスである。自分のグッズが売られている現状に、恥じらい、顔が耳まで真っ赤になる。

「あ、あの、グッズ販売を考えなおしていただけませんか？」

「これでは数が少ない。もっと大量生産しろということですね!?」

「え、あの、ちが……」

「さすがは聖女様、お優しい！　恥じらいを我慢してでも、慈善事業へと協力していただけるとは」

「じ、慈善事業ですか？」

「我々、聖堂教会は貧困層に衣食住の提供を行っています。その資金源のひとつが、聖女様グッズなのです」

「私のグッズが人を救えると？」

「それはもう。最近発売した『聖女様と共に眠るシルバータイガーの絵画』は大ベストセラーで、私も自室の壁に飾っています。おかげでいつでも聖女様をそばに感じることができるのです。ああ、聖女様の慈悲に感謝をっ」

　絵画には美化されたクラリスとギンが描かれている。恥ずかしくて販売をやめさせたいが、その利益が慈善事業に使われているため、強く出ることができない。恥ずかしさは頂点に達し、目尻には涙まで浮かんでいた。

「折角の機会です。聖女様のご威光を、あの子たちにも感じてもらいましょう」

「あの子たち？」

「みんな、出てきなさい」

　ゼノが呼びかけると、店の奥から子供たちが顔を出す。みすぼらしい格好をしているが、顔色は優れている。食事をきちんと取れている証拠だった。

「こちらの聖女様が、グッズ販売を認めてくれたおかげで、みんなの住む孤児院を建てることができたのです。お礼を言いましょう」

「ありがとう、お姉ちゃん！」

子供たちが笑顔を向けてくれる。それだけでクラリスの恥じらいは吹き飛んだ。

「ゼノ様のおかげで、アルト領には幸せが満ちていますね」

「私の力ではありません。資金はすべて聖女様の力添えがあってこそですから」

「それでも。私はあなたを尊敬しています」

クラリスの尊敬をゼノは背筋を伸ばして受け入れる。満足げに彼は微笑んだ。

「アルト領の布教活動は目途がつきました。あとは部下に任せ、次はフーリエ領へと向かいます」

「どうしてフーリエ領に？」

「あそこは貧富の差が激しいのです。領主のフーリエ公がひどい男で、貧民を見殺しにしているとのこと。我が聖堂教会が救いの手を差し伸べなければなりません」

フーリエは貴族を絵に描いたような傲慢な男だ。もしトラブルでも起きたらと、ゼノのことが心配になる。

「無事で帰ってきてくださいね」

「心配は無用です。悪徳領主の相手には慣れていますから」

「しかし……」

「フーリエ公が失脚し、聖女様たちが治めてくれれば……いえ、今のは余計な発言でしたね。忘れてください」

ゼノは微笑みを口もとに刻む。その笑みに不穏さが交じっていることに、クラリスたちは気づいていなかった。

●

豊かな農場が広がるあぜ道を、ハラルドを乗せた馬車が進む。彼はフーリエの屋敷へと向かっていた。窓の外を眺めながら、ため息をこぼす。

(さすがに悪いことをしたか)

負傷兵を治療すると約束しておきながら、反故《ほご》にしてフーリエに押しつけたことを反省していた。謝罪すべきだと思いなおし、彼のもとを訪れていた。

「ここがあいつの屋敷か」

内庭にバラ園が広がる屋敷は贅を凝らした門構えだ。対照的に屋敷の周囲には、傷んだ建物が多い。貧富の差が如実に表れていた。

「負傷兵たちを押しつけたことに罪悪感を覚える必要はないかもな」

フーリエの資金力は健在だと、屋敷が証明していた。ほっと息を吐いて、屋敷の門を開ける。

「フーリエ公、俺が謝罪に来てやったぞ」

扉を開いた先には眉をひそめるフーリエと、怯える使用人がいた。叱りつけていたのか、彼女の目尻には涙が浮かんでいる。

「はぁ～、もういい。貴様は持ち場に戻れ」

フーリエの許可を得ると、使用人はその場から立ち去る。彼はハラルドと視線を交差させると、もう一度ため息をこぼした。

「王子、いったいなんのご用ですか？」

「まるで疫病神でも見たかのような反応だな」

「まるで、ではありません。疫病神そのものではありませんか」

「ははは、いつまでも根に持つな。俺も悪いと思っているから、こうして顔を出したのだからな」

「王子の顔など見たくはありません。それよりも負傷兵たちの負担金を払ってください」

「それは駄目だ。俺には金がない」

「腐っても王族でしょう？」

「自由にできる金に限界がある。一時的な贅沢ならともかく、千名の負傷兵を養う金は与えられていない」

ハラルドは王子という立場であるが、国の財布は財務大臣や国王が握っているため、与えられた小遣いの範囲でしか贅沢を楽しむことができない。その金額は個人としては高額だが、領地経営に影響を与えられるほどではない。

「それにフーリエ公は裕福だろ？」

「それはまぁ」

「金に余裕があるんだ。負傷兵のひとりやふたり、養ってやれよ」

「千人は、ひとりやふたりとは大違いです。それにわしが裕福でも、領地の財務状況は悪化しているのです」

魔物ビジネスによるアルト領への資金流出などにより、税収は大きく低下している。領主であるフーリエは領民たちから税を搾り取ることで、豊かな生活を送れているが、領地の経営そのものは悪化していた。

「こうなっては奥の手しかありませんね」

「まさか戦争か？」

「いえ、それは最終手段です。元負傷兵をかかえているアルト領と正面から衝突するつもりはありません」

「ならどうする？」

「その一歩手前、アルト領の生命線をつぶします」

「つまり食料供給を止めるのか……」

フーリエ領は王国最大の食料庫である。低価格で大量に生み出された食料のおかげで、飢えずに済んでいる国民も多い。

「そんなことをして大丈夫なのか？」

「もちろん我が領地も無事では済みません。アルト領から本来得るはずだった貿易黒字を失うことになるのですから」

「肉を切らせて骨を断つか……だが、その方法には穴があるぞ」

「なにか懸念でも？」

「アルト領は魔物が獲れるだろ。地産地消で乗り切られたらどうする？」

「魔物肉は討伐が困難なため高額で取引されているのです。大量生産には向きません。領民すべてを食わせるためには、ほかに食料が必要です」

「ならフーリエ領以外から購入されたらどうするのだ？」

「アルト領から次に近いのはグスタフ領です。ここから輸入されるのを防ぐことはできません。ですが輸送費が必要になるため、食料費は高額になります。痛手を与えるには十分かと」

「抜かりはないということか……」

食料が手に入らなくなれば、領主であるアルトへの不満は高まる。それは彼の評判を落とすことにもつながる。

（折角のチャンスだ。この機会にクラリスを手に入れないとな）

ハラルドの狙いはシンプルだ。アルト領の財政が悪化し、食料が入らなくなれば、クラリスは質素な食事を強いられることになる。

ひもじい毎日を過ごす彼女に、豪華絢爛な食事をご馳走するのだ。胃袋を掴むという慣用句にある通り、おいしい食事は相手の心を魅了する。彼女を惚れさせることも不可能ではない。

（ククク、待っていろよ、クラリス。白馬の王子様の登場は近いからな）

ハラルドは心の中で不気味に笑う。クラリスを手に入れるための悪巧みが始まったのだった。

●

商業都市リアはいつでも活気に満ちている。前回訪れた時までは、それがあたり前の日常であり、常識にさえなっていた。

しかしクラリスの目の前に広がる光景には常識が通用しない。目抜き通りを歩く人影は数えるほどしかおらず、客引きの声も聞こえてこない。

「街の皆さんはどうしたのでしょうか……」

「覚悟していた時が来たということだ」

「原因をご存じなのですか？」

「おおよそはな」

隣を歩くアルトは苦虫を噛みつぶしたような表情を浮かべる。その顔を見ていると、深く追及することができなくなる。

「ゼノ様の店が見えてきましたよ」

聖女グッズの販売店は変わらずに営業していた。店員の少年が、ニコリと微笑みかけてくれる。

「聖女様、商品を買ってくれませんか！」

「私の顔が描いてあるクッキーですよね。それはちょっと……」

「残念です。久しぶりに売れると思ったのですが……」

「私の顔に皆さん飽きられたのです。もっと魅力的な人をモチーフに採用すれば、きっと売上も回復するはずです」

「いえ、聖女様が原因ではありません。問題は値段です」

「値段？」

「聖女様クッキーの価格が、ここ数日で十倍に値上がりしたんです」

「十倍って……ぎ、銀貨三枚もするのですかっ！」

もともとは銅貨三枚で販売されていたクッキーが、銀貨三枚に値上がりしていた。売れないのも無理はない。

「どうしてこれほど高額に？」

「小麦の値段が高騰しているのです」

「不作だったのでしょうか？」

「理由までは知りません。大人の人なら知っているかも」

少年の視線の先には果物屋の老婆がいた。詳しい話を聞くために、彼女のもとへと向かうと、鋭い視線で、クラリスたちを射抜いた。

「なんの用だい？」

「あの、その……」

怒気が交じった声にたじろいでしまう。その様子がさらに怒りを募らせたのか、視線の鋭さが増した。

「果物はここにあるだけだよ。どうせ買わないだろうけどね」

「この果物は？」

「アルト領で採れた果物だよ。マズそうだろ？」

「それはその……はい……」

取り繕うことができないほど、店頭に並ぶ果物はひどかった。枯れたリンゴに、細いバナナ、ミカンは通常のサイズよりふた回り小さい。

「どうしてこのような果物を販売しているのですか？」

「フーリエ領から仕入れができなくなったからねぇ。それで仕方なく、アルト領の痩せた土地で育った果物を販売しているのさ」

「どうして仕入れができないのですか？」

「あんた、貴族のくせにそんなことも知らないのかい……」

老婆があきれてため息をこぼすと、クラリスは肩を落とす。そんな彼女をかばうように、アルトが前に出た。

「クラリスは悪くない。悪いのはすべて私だ」

「アルト様は事情を知っているのですか？」

「……知っている」

「なら教えてください。私も知っておきたいです」

だがアルトは答えない。気まずい空気が流れるが、それをかき消すように、人影が近づいてくる。そのシルエットはよく知る人物のものだった。

「これは聖女様と公爵様。お久しぶりです」

「エリス様！」

人影の正体はエリスだった。アルトが教えてくれないなら、事情通である彼女に聞けばいい。真っすぐな瞳を彼女に向ける。

「あの、フーリエ領から仕入れができなくなったとお聞きしたのですが、本当なのですか？」

「ええ。街から活気が消えたのもそれが理由ですから」

「で、ですが、屋敷には食料がありましたよ」

「魔物肉やほかの領地からの食料は手に入りますから。価格は高騰していますが、貴族なら問題ないでしょう。しかし平民たちにとっては死活問題です。現状は食べていくのがやっとの状況なのです」

街の活気は余暇に費やせる金と時間があるからこそ生まれていたのだ。食費だけで生活がカツカツなら、生きるためだけに働く毎日になる。街で遊ぶ余裕など生まれるはずもない。

「アルト様、もしかしてこれは、私のせいですか？」

「いいや、クラリスに非はない。原因は私にある」

フーリエが食料の輸出を止めた理由にふたりは心あたりがあった。彼が屋敷を訪れた時に、クラリスを侮辱されたことをアルトが激怒したのだ。

「原因は私にある。だが私はフーリエ公爵を殴ったことを後悔していない」

「で、ですが……そのせいで領地の皆さんが……」

「だから私に考えがある。エリスも街の皆も聞いてくれ！」

遠くまで聞こえるように声量を上げる。注意が集まり、通りを行く人々が、彼の前で足を止めた。

「領内で生産された果物や野菜、それに魔物肉を購入する場合に補助金を出そう。遠くから仕入れた食料も輸送費を負担する。すべて私に請求してくれ。皆が以前のような毎日を過ごせるようにしてみせる！」

アルトの言葉を聞いていた人たちは驚愕で黙り込むことしかできなかった。領民の食費を領主が負担するなど前代未聞だったからだ。

「悪いな、クラリス。これからは貧しい暮らしをさせることになる」

「かまいません。私はあなたと共に暮らせるなら、それだけで十分ですから」

自分たちのために身を切ろうとしている公爵と聖女に、人々は肩を震わせる。目尻には涙が浮かび、嗚咽が聞こえてきた。

「あ、あの……」

老婆が震える声で呼びかける。乾いた頬を涙が伝っている。

「さっきは失礼なことをしたね。謝らせておくれ」

「私は気にしていません。それよりも皆で、この苦難を乗り越えましょう」

「ああ。そうだね……」

老婆の手をギュッと握る。優しさが皺くちゃの手を温めた。

「本当に、あんたはいい娘だね。これは詫びの品だよ。枯れたリンゴだけど、私の精いっぱいの気持ちさ。受け取っておくれ」

「ありがとうございます」

クラリスが枯れたリンゴを受け取ると、その光景を見ていた観客たちは拍手喝采を浴びせる。

感動を生む光景が広がる中、彼女はピタッと静止して動かなくなった。

「どうかしたのかい？」

「私、試してみたいことがあります」

クラリスは全身から魔力を放ち、輝きをまとう。神々しさを感じさせながら、続くように奇跡を体現させる。

手のひらに握られていたリンゴが、回復魔法の力によって、みずみずしさを取り戻したのだ。大きさも二回り以上大きくなり、フーリエ領から輸入していた果実より立派な姿へと変わる。

「やはり回復魔法は果物にも有効でした！」

「馬にも効果があったからな。野菜や果物に効いても不思議ではないが……」

だが費用対効果が悪すぎる。果物を大きくするのに、魔力を消費しては割に合わない。一時しのぎにしかならないのだ。

だがクラリスの瞳に絶望は浮かんでいない。キラキラと希望で輝いていた。

「アルト様、私についてきてください！」

「どこへ行くんだ？」

「皆を救いに。この領地を食料でいっぱいにしましょう」

クラリスは目抜き通りを走り出す。彼女は皆を救う手段を思いついたのだった。

商業都市リアでの出来事から数時間後。クラリスの目の前には、見渡す限りの枯れた大地が広がっていた。緑は少なく、麦はポツリポツリと生えているものの、土地に栄養がないせいで、実りが少ない。

「この畑に来るのも久しぶりですね」

「すでに使われていない場所だからな」

食料自給率を上げるべく、屋敷の裏手を開墾したのがこの畑だ。だが土が痩せているため、作物が育たずに放置されていた。

「アルト様、私の思いつきを試してもよろしいでしょうか？」

「この畑は私の個人所有だ。好きにするといい」

「では……」

クラリスは膝を折ると、畑に手を触れる。冷たい土の感触を感じながら、アルトの感心する声を聞く。

「畑の生命力を回復させるわけだな」

「うまくいくと思いますか？」

「可能性は十分にある。期待しているぞ」

「はい！」

クラリスが全身から魔力を放つと、輝かしい光が畑からあふれ出す。次の瞬間、地面は大きく揺れ始めた。

「じ、地震でしょうか」

「わからん。だがあまりにもタイミングがよすぎる」

クラリスの回復魔法が発動すると同時に揺れ始めたのだ。因果関係があると考えるのが自然だ。

「私につかまっていろ」

「は、はい」

クラリスはアルトの腰をギュッと掴みながら、揺れが収まるのをジッと待つ。数秒後、先ほどまでの地震が嘘だったかのようにピタッと静止するが、続くように畑から黄金の麦が顔を出した。

「まさかこれほどとはな」

土壌に栄養を与えるだけではない。無から有を生み出すが如く、実り豊かな麦畑を一面に広げたのだ。

アルトはクラリスの回復魔法がなくした腕さえ復元したことを思い出す。彼女の力はただ自己治癒力を高めるだけではない。本来あるべき理想形を取り戻す力こそが、回復魔法の真骨頂なのだ。今回の現象も土壌に埋まったままで芽吹かなかった麦が、本来あるべき姿を取り戻した結果だった。

「これで皆さんにご飯を食べてもらえますね」

「ああ。食料問題は解決だ！」

クラリスの回復魔法が畑にも効果ありだと証明された以上、食料の自給率を上げることはたやすい。

特にアルト領は痩せている未使用の土地が多くあまっている。それらをすべて肥えた土壌に変えられるのだ。領民すべてが満腹になるまで食べても、あまるほどの作物が手に入る。

「さらに量だけじゃない。この麦を見てくれ」

「フーリエ領の麦より大粒ですね」

「つまり質にも影響を及ぼすことができるのだ。さらにだ。クラリスの力はきっとこんなものではない。土壌そのものを癒やせるのなら、麦以外にも効果があるはずだ」

「麦以外ですか？」

「試してみた方が早い。ついてきてくれ」

「はいっ」

アルトに連れられて、麦畑からリンゴを育てている果樹園へと移動する。高木樹に赤い実が成る畑には、甘い香りが漂っていた。

「ここのリンゴも痩せていますね。ただ店で売られていたリンゴより艶があります」

「この畑で育てているのはフーリエ領の最高級の品種だ。アルト領でも育てられないかと実験していたのだ」

「ですが、どうしてリンゴを？」

「クラリスがアルト領に来たばかりの頃に、甘味処で食べたリンゴのデニッシュを褒めていただろ」

「うふふ、懐かしいですね」

「覚えていたのか？」

「当然です。なにせ私とアルト様の初デートですから」

「そ、そうか……なんだか、照れるな。だがあの思い出は苦々しくもある。なにせ食べている途中に店を追い出されたからな。だから今度は私の手でご馳走してやりたいと、畑に小麦とリンゴの木を植えたのだ」

「素材から作るのですかっ⁉」

「ゼロから作った方が、愛情が伝わるだろ？」

「た、たしかに。愛は伝わってきますが……」

料理をご馳走するために材料から栽培するのだ。馬鹿げた行いだからこそ、並々ならぬ愛情を実感する。

「本当は私ひとりで育てたかったのだがな。ここの土壌では育てることができなかった。悪いがクラリス、力を貸してくれ」

「もちろんです」

麦畑でしたように、クラリスは果樹園にも回復魔法を放つ。実っていたリンゴがみずみずしさを取り戻し、艶のある果実はよりいっそう輝きを増した。

成果を確認するように、アルトはリンゴを手に取ると、かじりつく。ほどよい酸味が口いっぱいに広がり、あふれ出す蜜が舌を喜ばせた。

「リンゴも麦もどちらも最高の出来栄えだ。これならフーリエ領に農作物で依存する必要もなくなる」

「食料問題は解決ですね」

「そしてもうひとつ……私はやられっぱなしを許すような甘い人間ではない。きちんとやり返さないとな」

アルトはリンゴをジッと見つめる。フーリエによる嫌がらせへの対抗措置を、頭の中に描くのだった。


クラリスの回復魔法によって、アルト領の食料不足問題は解決した。半月もすれば、街に食料は行き渡り、再び活気を取り戻した。おかげで客引きの声がうるさいくらいになっている。

「アルト様、街に元気が戻りましたね」

「いいや、今まで以上だ。なにせフーリエ領より安い値段で食料が手に入るからな。おかげで余暇に回す時間と金ができた」

生活コストが小さくなれば、余剰資金を娯楽のために散財できるし、賃金を得るための労働時間も短くできる。店頭で売られている商品は食料以外にも、日用雑貨や芸術品などバリエーションが増していた。

「それともうひとつ変化があった。安くてうまい食事を提供できるアルト領は、観光地としても賑《にぎ》わうようになった」

「旅人さんを目にするのは、それが理由なのですね」

「これもすべてクラリスのおかげだ。ありがとう」

「いえ、私の力なんてたいしたことありませんよ」

「謙遜しなくていい。君は素晴らしい女性だ」

「ア、アルト様はお世辞がお上手ですね」

クラリスは照れのせいで、頬を朱に染める。彼の言葉に嘘がないからこそ、いっそう恥ずかしさを覚えた。

街を歩けば、至る所から笑い声が聞こえてくる。これもすべて彼女のおかげだ。それを証明するように、すれ違った領民たちから称賛が贈られる。

「聖女様、ありがとう」

「おかげで貧しい生活から抜け出せたよ」

「クラリス様が公爵家に嫁いできてくれて本当によかった」

感謝の言葉がクラリスの心に染みていく。両親から存在を否定されながら育った彼女は、人から認められることに不慣れだった。感情が揺さぶられ、目尻には小さな涙が浮かぶ。

「ほ、本当に……この街の人たちは優しい方ばかりですね」

「なにせ私の自慢の領民だからな」

領地に住む民から敬愛されていると感じ、クラリスはアルト領がよりいっそう好きになる。嫁いで正解だったと、改めて実感した。

「聖女様……ですっ」

「どこからか声が……」

「私です。聖女様！」

「この声は――ゼノ様ですね」

人混みの向こう側から声が届く。声の主は金髪赤眼の美青年ゼノだった。神父である彼は、フーリエ領に布教活動へと赴いていたはずだ。

「ゼノ様がどうしてアルト領に？」

「フーリエ領では聖女様グッズの売上が伸び悩んでおりまして。アルト領には資金繰りのために戻ってきたのです」

「私の力が及ばず、申し訳ございません」

クラリスは心苦しそうな声で謝罪する。だがゼノは謝る必要はないと、微笑を返す。

「気にしないでください。その分、アルト領での売上は十倍になりましたから。まだまだ聖女様の人気は健在です」

「恥ずかしいやら、うれしいやら。反応に困ってしまいますね」

「なら誇ってください。あなたのグッズの売上で、フーリエ領に孤児院を建てるに至ったのですから」

「それはうれしい知らせですね……恥ずかしさは残りますが……」

クラリスの頬は紅潮しているが、口もとには小さな笑みが浮かんでいた。子供たちが救われたことに、喜びを隠しきれなかったのだ。

「本日もグッズの販売にいらしたのですか？」

「いえ、グッズだけでは売上に限界がありますから。今はアルト様にも協力していただき、上質な農作物をフーリエ領に輸出しています」

「アルト様が⁉」

「フーリエ領の貧しい民に食べさせてほしいと、相場の半値で販売しています。価格が安く、上質な農作物は大人気なのですよ」

「他領の人たちにも優しくできるだなんて、さすがはアルト様です」

クラリスはますますアルトへの尊敬の念を深める。そんな彼女の想いが気恥ずかしいのか、彼は頬を掻く。

「クラリスを見習っただけで、私はすごくないさ。それに罪なき民を幸せにする以外にも狙いがあるのだ」

「別の狙いですか？」

「実は食料の輸出がフーリエ公への報復にもつながるのだ」

どうして食料を安く売ることが報復になるのか。その疑問を解消するべく、アルトは説明を続ける。

「フーリエ領の農園は公爵一族が地主でな。領民たちは働かされるばかりで、作物を購入する時は正規の値段で買うはめになる。だが奴は農民たちに満足な給金を払っていない。そのため麦や野菜を育てても、生活が苦しいのだそうだ」

代わりはいくらでもいると、労働力を搾取してきたのだ。フーリエ領の農民に愛郷の精神が生まれるはずもない。より安い作物が供給されれば、他領の生産物でもそちらに飛びつく。

「自国で食料が格安で売られているのだ。フーリエ公も作物の価格を下げるしかない。売値が下がれば、公爵の手もとに入る金も減るからな。民も食べ物に困らなくなるし、最高の復讐になる」

敵はフーリエただひとりだ。無関係の領民を傷つける必要はない。

「実際、フーリエ領では、アルト公爵様の人気はうなぎ上りですよ。公爵様グッズは聖女様グッズの売上を超えましたからね」

「私のグッズだと⁉」

クラリスだけでなく、自分のグッズも販売されていることに驚きの声をあげる。特にアルトは自分の容姿に対して自信がないため、その驚きもひとしおであった。

「無断で作らせていただきました。駄目でしたか？」

「その利益も慈善事業に使われているのか？」

「もちろん」

「はぁー、なら認めるしかあるまい」

「さすが。聖女様も理解のある旦那様をお持ちで、うらやましい限りです」

「なにせ私の自慢の旦那様ですから」

クラリスが胸を張ると、アルトもまた恥ずかしさに頬を紅潮させる。本当に似た者夫婦だと、ゼノは微笑ましげに彼らを見つめるのだった。

●

フーリエは執務机に拳を叩きつける。アルト領を苦しめるための計画が裏目に出たことに憤りを感じていたからだ。

「クソオオオオッ、なんなのだ、あいつらは！」

負傷兵を送りつけても戦力に変え、食料不足で困窮しても大量の食料を用意する。まるで全知全能の神とでも争っている気分だった。

「わしの計略を打ち破るだけでなく、対抗措置まで。奴らのせいで、わしの懐は寂しくなる一方だ！」

アルト領の大量生産された農作物が領内に広がっていた。その結果、フーリエの農園で採れた麦や野菜が売れなくなったのだ。

仕方ないので、価格を合わせたが、それでも売れない。品質でも圧倒的な差があるため、同じ価格ならアルト領の農作物が好まれたからだ。

「奴らの作物は貴族に卸しても恥ずかしくない品質だ。それを荒れた土地のアルト領で育てるだとっ。ありえん。必ず秘密があるはずだ」

しかしいくら頭をひねっても答えにはたどり着かない。クラリスの回復魔法で土壌に活力を与えていたとは、さすがに想像が及ばないからだ。

「作物が我が領土だけでなく、ほかの領地に販売されている点も厄介だ」

フーリエ領は長らく、王国の食料庫として、農作物の生産を一手に担ってきた。この貢献があったからこそ、序列第六位の公爵でいられたのだ。

だが役割を奪われては、序列第六位の座も危うい。焦りが額から汗となって流れる。

「わしは由緒正しき公爵家の出自だ。醜いと馬鹿にされてきたアルト公爵に立場を奪われてなるものかっ！」

怒りを鎮めるために語尾を荒らげる。クリアになっていく思考で、問題の解決策を探る。

「まずはわしの私財だ。領民がいくら苦しんでもかまわんが、これだけは死守せねば」

フーリエ公が財政的に苦しくなっている一番の理由は、農作物が売れないことだ。自国でも買う者がおらず、他国でも捌《さば》けない。

倉庫に保管しておく手もあるが、場所に限界がある上に、維持費も必要になる。現状、買い手のつかない食料は、タダ同然で売るか、家畜の餌とするしかなかった。

「クククッ、いい手を思いついたぞ。話はシンプルなのだ。他領地はともかく、自領地なら自由にコントロールできる。それならば、わしの食料以外買えなくする法律をつくればよいのだ」

選択肢があるからこそ、競争が生まれるのだ。領内における農作物の売買は、フーリエの農園で栽培されたものに限るとの法律を公布すればよい。

「わしの食料が市場を独占できるなら、価格も上げ放題だ。金持ちも貧乏人も関係ない。皆から搾取してやる」

領民を金蔓としか見なしていない彼らしい発言だ。執務室での独り言だからこそ許される台詞で、誰にも聞かれてはいけない本音だが、部屋の隅で聞いていた者がいた。

「さすがはフーリエ公。貴族にふさわしい心構えです」

「誰だ⁉」

「私はバーレン。しがない男爵です」

洋梨のようにお腹が膨らんだ体形と、顎髭が特徴的な男の出現に眉をひそめる。周囲に衛兵はいない。屋敷の警戒をかいくぐり、ここまでたどり着いたとしたら、ただ者ではない。

「どうやってここまで来た？」

「あなたの部下に協力させました」

「わしは護衛に大金を払っておる。男爵の貴様がそれ以上の金額を払い、寝返らせたと？」

「裏切りは金以外でも買えるのですよ。例えば回復魔法で、家族の傷を癒やすとかね」

バーレンはナイフを取り出すと、自分の手のひらに傷を刻む。血がポタポタと流れ出るが、彼が魔法の光を放つと、怪我など最初からなかったかのように消え去ってしまう。

聖女と同じ癒やしの力を、彼もまた保有していたのだ。

「バーレンとか言ったな。貴様は聖女の関係者か？」

「父親です」

「あの悪女たちの父親だとっ！」

姉のクラリスはもちろん、妹のリーシャにも煮え湯を飲まされた彼だ。怒りが沸々と湧き上がってくる。

「その父親がなぜわしの前に現れた？」

「娘を売りに」

「はぁ？」

「聞きましたよ。フーリエ領では聖堂教会が勢いを増しているとか。聖女の人気はまだ下火ですが、いずれは脅威になるはずです。そうなる前に手を打ちたくありませんか？」

「一応聞いてやる。どんな手だ？」

「私が娘の悪評を声高に叫びます。他人ではなく、実の父親がやるのです。民衆は信じるでしょう」

「悪くないな」

聖女の人気が落ちれば、夫であるアルトの評判も悪化する。これによって得られる効果は腹いせだけではない。

現在、フーリエに反発する抵抗勢力が活発化している。彼らの目的は領主の交代だ。その次期領主候補としてアルトの名前があがっている。

だが肝心の旗頭が求心力を失えば、抵抗勢力は目的を失うことになる。フーリエにとっては一石二鳥の策だった。

「悪くない……悪くないが、ひとつだけ聞かせろ。どうしてわしに協力する。貴様が貶めようとしているのは実の娘だぞ」

「私は娘が嫌いなのですよ。それに私の計画のためには、娘に落ちぶれてもらわなければ困るのです」

「計画？」

「実は、王子はクラリスに好意を抱いているようなのです。ふたりを結婚させたいが、そのためにはアルト公爵に手放してもらわなければなりません」

「そのための悪評か……なるほど。馬鹿王子もいずれは国王だ。使い道はあるか……」

「私の娘が王妃となった暁には、公爵家と親密な関係を築きたいものです」

「ははは、やはり貴様は悪女の父親だ。だが気に入った。貴様の計画にわしも一枚噛んでやる」

「ありがたき幸せ」

自分本位のバーレンとフーリエが協定を結ぶ。ふたりの悪魔の手が、クラリスへと伸びようとしていた。

●

クラリスは馬車の窓から外の景色を眺める。黄金の麦畑が広がる光景は、差し込む夕日で輝いて見えた。

「フーリエ領も素晴らしい領地ですね」

「王国の食料庫として評判だからな」

アルト領にお株を奪われたとはいえ、長い歴史の中で、王国民の食料事情を支えてきた場所だ。肥えた土壌に背の高い麦穂が並んでいる。

「まさか私たちがフーリエ領を訪れることになるとはな。想像さえしていなかったことだ」

キッカケは屋敷に聖堂教会の神父であるゼノが訪れたことだ。

――時を遡ること数日前。額に玉の汗を浮かべながら、彼はすがった。

『聖女様、どうかフーリエ領をお救いください』

ゼノはフーリエ領の現状を語った。公爵の農園で採れた作物以外は販売が禁止されたこと、それに伴う値上げで、領民たちが苦しんでいることを。

問題はそれだけではない。フーリエ領は肉や魚のようなタンパク源を輸入に頼っていたこともあり、販売を禁止されたことで体調を悪化させる者が増えているのだ。最悪の状況を打破しなければ、大勢の領民が死ぬことになる。

『フーリエ様は救いの手を差し伸べないのですか？』

『差し伸べるはずがありません。諸悪の原因は彼なのですから』

『で、ですが、苦しんでいるのは、フーリエ領の民なのですよ』

『下々の苦しみを気にするような人ではありません。腹が減ったのなら、雑草でも食わせておけと、豪語しているそうですから』

『そんな……』

領民を思いやるアルトをそばで見てきたからこそ、フーリエの行動にショックを覚えた。どうにかして助けてあげたいと、頭をひねるが答えは出ない。

『作物の価格が下がればよいのですが……』

『寡占市場ですからね。ライバルがいないのに、下げる必要はありません。フーリエ公は意地でも現状を維持するでしょうね』

『フーリエ様の農園でできた作物以外の販売が禁止されているなら、アルト領から食料を輸出することもできませんし……いったいどうすれば……』

苦悩するように、美しい眉をひそめる。そんな彼女に救いの手を差し伸べたのは、夫であるアルトだった。

『販売が駄目なら無料で配ればいい。それなら法律にも触れないだろ』

『ですが、それではアルト様に迷惑が……』

敵対している領地に食料を配るのだ。販売とは違い、アルト領に得もない。配布すればするほど、金銭的な負担を背負うことになる。

『私の迷惑など考えなくてもいい。クラリスがどうしたいかだ』

『わ、私は……フーリエ領の皆さんを救いたいです！』

『ならその希望を叶えてやるのが、夫である私の務めだ。なーに、気にするな。クラリスのおかげでアルト領の食料事情が改善されたのだ。我儘を言う資格は十分にある」

『アルト様、ありがとうございます！』

食料を配ると決めてからの行動は早かった。わずか数日で準備を整え、食料を積み込んだ荷馬車の隊列がフーリエ領へと向かうことになった――。

その道中こそが、今である。食料を待つフーリエ領の民のことを思い、クラリスの表情には焦燥が浮かぶ。

「これだけの食料なら、きっと喜んでくれますよね？」

「腹を空かせているだろうからな。間違いない」

「到着が待ち遠しいです」

「……このまま何事もなければよいのだがな」

「なにか心配事でも？」

「飢えて盗賊に落ちぶれるのはよくある話だ。目的地到着まで、そんな連中に出くわさなければいいのだが……とはいえ、私もいるし、護衛にクルツも連れてきている。襲われても返り討ちにできるがな」

魔法を使える貴族がふたりもいるのだ。危険はないに等しい。だがクラリスの前で暴力を振るうのは極力避けたい。

「アルト様、街が見えてきましたよ」

クラリスが車窓に映るぼんやりとした建造物を指差す。だが近づけば近づくほど、その街の異変があきらかになっていく。

「アルト様、この街……」

「ずいぶんと薄暗いな」

街の中に入ると、よりいっそうの異変を実感する。石造りの商店が並ぶ街道を荷馬車が進むが、すれ違う人々に活気はなく、格好もボロ衣をまとっている者が多い。

貧富の差が激しいと聞いていたが、まさかここまでとは思わなかったと、クラリスは息をのむ。流れていく灰色の景色が彼女の心を締めつけた。

「今、小さな子供が……」

車窓から見える街の景色に、路上に倒れ込む少年の姿が映った。考えるよりも先にクラリスの体が動く。馬を操っているゼノに声をかけた。

「ゼノ様、馬車を止めてください」

「お任せを」

ゼノはなぜだとは聞かない。聖女が頼み事をするのだ。それは人助けのために決まっている。

馬車から降りたクラリスは路上の少年のもとへと走る。彼は骨が折れているのか、右足が変な方向に曲がっていた。

「誰だよ、あんた?」

「倒れているあなたが心配な、ただの通りすがりの者です」

「施しはいらねぇ。俺は貴族が嫌いなんだ」

　クラリスの格好は貴族としては地味だが、ボロ衣をまとっているフーリエ領の平民と比べれば十二分に豪華だ。貴族と見抜くのはたやすい。

　少年は眉をひそめながら、うせろと手を振る。だがクラリスはその場から動こうとしない。

「どうして貴族が嫌いなのですか？」

「平民のことなんて虫けらとしか思ってないからさ。この足も、腹の出た貴族のオッサンに通行の邪魔だと、おもしろ半分に折られたんだ」

「ひどい人もいるものですね」

「あんたも同類だ。なにせ自分勝手な貴族なんだからな」

「あなたは正しいです。私は自分勝手ですから」

「ほら見ろ」

「だからあなたの施しはいらないという意思を尊重するつもりはありません」

　クラリスは笑みを浮かべながら、少年の折れた足に手を添える。手に集められた魔力が輝きを放ち、回復魔法が発動した。

　治癒の力により足の腫れが引いていく。痛みが消えたのを実感したのか、少年の顔がパッと明るくなった。

「な、治っている。痛みが消えている。あんた、いったい何者だよ？」

「それは――」

「クラリス。ひとりで街を歩くのは危険だ。私を一緒に連れていけ」

クラリスに追いついたアルトが、背後から声をかける。彼女が振り向くと、彼は新鮮な果物をかかえていた。

「アルト様、それは……」

「クラリスのことだ。苦しんでいる人でも見つけたのだろうと思ってな。食料を持ってきたのだ」

新鮮な果実を前にして、少年の腹の虫が鳴く。彼は奪うように果物を受け取ると、視線を真っ赤なリンゴに向けた。

「た、食べてもいいのか？」

「もちろん」

少年はリンゴにかじりつく。口の中ではじける甘みに、目尻から涙をこぼした。

「うめぇ……うめぇ……」

リンゴを丸のみにする勢いで、芯まで食べつくす。ひとつ、ふたつと口の中に放り込み、アルトが運んできた果物はすべて彼の胃の中に収まった。

「ありがとな。うまかったぜ」

「どういたしまして」

クラリスの笑みに、少年は頬を赤くしてソッポを向く。照れているのが態度に現れていた。

「俺は貴族が嫌いだ。それは変わらねぇ……だがな、あんたたちだけは例外だ。だから聞かせてくれ。いったい何者なんだ？」

「私はクラリス。そしてこちらはアルト様です」

「クラリスに、アルトって、まさか……」

名前を聞いた少年はふたりの正体に気づいたのか、驚きで目を見開く。

「やっぱり、あんたたち以外の貴族の言葉は信用できないな……」

「どういう意味ですか？」

「こっちの話だ。気にしないでくれ。それよりも、ありがとな。この恩は忘れないから」

少年は背中を向けて、その場から立ち去る。小さな命を救えたことに、たしかな生きがいを実感するのだった。


少年を助けたクラリスは、その後も路上で倒れている人たちを助けながら、街の中心地へと向かっていく。

進めば進むほど、目つきの鋭い者たちが増えていく。人が多いぶん困窮の度合いもひどくなるのか、中心に近づくほど、服装や体つきもみすぼらしくなっていく。

「アルト様、この先にはなにがあるのでしょうか？」

「スラムだ。だからこそ食料を届ける価値がある」

「アルト領にはスラムそのものがありませんからね。私も足を踏み入れるのは久しぶりです」

アルト領にもかつてはスラムが存在した。しかしゼノの慈善活動と、領地そのものの発展が実を結び、困窮する領民は姿を消した。

雰囲気は王都のスラムに似ていた。そのせいかハラルドに婚約破棄された原因にもなったスラムでの慈善活動を思い出す。

王都では聖女の評判が広がっていたおかげで、危険な目にあうことはなかった。だがフーリエ領は初めて訪れる場所で、聖女の評判によるお守りも通用しない。恐ろしさを感じないと言えば嘘になる。震える手をアルトの指に絡めた。

「私がそばにいる。恐れなくていい」

「アルト様の隣なら世界一安全ですね」

恐怖は消えて足取りが軽くなる。石畳の道を真っすぐに進むことができた。

「聖女様、ここがスラムの中心地です」

荷馬車を中央の広場に止めたゼノが、クラリスに呼びかける。心の準備を整えると、アルトと共に前へ出た。

「ではまずは私の方から――」

ゼノはゴホンと咳をすると、大きく息を吸い込んだ。

「これより食料配布を始めます！」

静まり返ったスラムに響き渡るような大声でゼノが叫ぶ。食料という声を聞き、街の奥から人々が集まってくる。

飢えて死ぬ寸前なのか、枯れ木のようにやせ細った彼らは、食料が積まれた荷馬車をジッと見つめている。

「全員に配ってもあまるほどの食料があります。列に並んでください」

呼びかけるがスラムの人たちの反応は悪い。どういうことだと訝しんでいると、代表の男が一歩前へ出た。筋肉質な体つきと、鋭い目つきからただ者でないとわかる。

「俺はライザ。このスラムの面倒を見ている男だ。ひとつ聞かせてくれ。あんたたちはどこから来た？」

「アルト領からです」

「やっぱりか。ならあんたが聖女か？」

「恐縮ですが、そのように呼ばれることが多いですね」

クラリスが聖女だと名乗ると、集まっていた人たちの反応がさらに悪化する。眉をひそめる彼らの心情は尋ねなくてもあきらかだった。

「あの、私がなにか失礼なことをしたのでしょうか？」

恐る恐るクラリスが尋ねると、ライザは拳を握りしめた。

「弱々しい演技をやめろ」

「私は演技なんてしていません」

「どうだかな。俺たちは、あんたの噂を聞いているんだぜ。なんでも希代の悪女だそうだな」

「あ、あの、それは誤解で……」

「誤解なはずがあるかよ。なにせ、あんたの父親のバーレン男爵が、最低の娘だと演説していたんだからな」

「え……」

飛び出してきた父親の名前に、クラリスは心臓を掴まれたような感覚を覚える。虐待されてきた過去が脳裏でフラッシュバックしたのだ。

「バーレン男爵が語った話はこうだ。あんたは王子の婚約者でありながら、複数の男に手を出した。それも自分から誘ってな」

「ち、ちが……」

「それだけなら許すこともできた。俺たちも貞操観念は褒められたものではないからな。ただなぁ、あんたのもうひとつの悪評を聞いた瞬間、俺はこんな悪女が世にいるのかと震えたものだぜ」

「もうひとつの悪評ですか?」

「あんたがストレス解消のためにスラムの人たちをいじめている話だ。特に足の骨を折って、歩けなくするのがお気に入りだそうじゃないか」

「わ、私、そんなこと……」

「しらばっくれるなよ！　この悪女が！」

父親に対するトラウマがクラリスの心を弱くしていた。反論するための勇気も湧き上がってこない。

ライザの怒鳴り声が引き金となり、スラムの人たちからいっせいに「帰れ」コールも湧き上がる。悲しみで涙が頬を伝った時、アルトが彼女をかばうために背に隠した。

「クラリスを馬鹿にするなら、私は容赦しないぞっ」

冷たい怒気を含んだ言葉が放たれると、クラリスへの非難はピシャリと止まった。身にまとう魔力から、圧倒的な戦闘力の持ち主だと悟ったからだ。

「その魔力量、あんたがアルト公爵か？」

「だとしたら？」

「あんたと比べれば俺たちは虫以下の存在だ。おそらく片手でおつりがくるほどの実力差がある。その前提がある上で、ひと言だけ伝えさせてくれ」

「私に対してなら許そう」

「アルト領から格安で食料を販売したよな。その結果、俺たちは飢えて苦しんでいる。悪気はなかったのかもしれないが、俺はあんたが憎い」

直接的な原因はフーリエの食料価格の値上げだ。しかしそのキッカケをつくり出したのがアルトであることも事実であった。

「それは……悪いことをした」

アルトは領民を苦しめるつもりはなかった。だが行動が裏目に出たのだ。責任は取るべきだと頭をゆっくりと下げた。

「おい、嘘だろ……」

「公爵様が頭を」

「そんなことありえるのかよ」

スラムの人たちは公爵であるアルトが頭を下げたことに戸惑う。貴族と平民。そのふたつの階級には天と地ほどの差があるにもかかわらず、貴族である彼が謝罪したのだ。

「あ、あの、アルト様は悪くありません。悪いのは私なのです。私が食料を生み出したりしたから……」

「いいや、クラリスは悪くない。命じたのも私なら、フーリエ領への販売も私の提案だ。すべての責任は私にある」

クラリスとアルトは互いをかばい合うために罪をかぶろうとする。貴族らしい高慢さとは無縁の反応に、スラムの人たちは困惑する。

「なぁ、本当にこの人が悪女なのか」

「善人に見えるよな」

「騙されるなよ、バーレン男爵の演説を聞いただろ」

「それはそうだけど……」

ヒソヒソと困惑が広がり、クラリスたちを信じる声もあがり始める。だが全員ではない。疑いを抱き続ける者も多い。

「聖女様は悪くない！」

そんな疑いの声を吹き飛ばすように、少年が声をあげる。彼はクラリスが今日最初に助けた少年だ。やはりクラリスが聖女だと気づいていたのだ。

大勢の前で緊張しているのか、喉は震えているが、勇気を絞り出していることが伝わってくる。

「聖女様は、怪我をしていた俺を治療してくれたし、おいしいリンゴもくれた。優しい人だ！」

「それは本当なのか？」

スラムの代表ライザが問うと、少年は何度も首を縦に振った。

「目を覚ましてくれ。悪いのはフーリエ公爵だろ。この人たちが食料を安く売ったことに罪なんてない」

「そ、それは……そうかもしれないが、聖女が悪女だとする証言が……」

「あの演説をしていた男なら、俺の足を遊び半分で折ったんだぜ。そんな奴の言葉と、俺たちのためにスラムまで食料を運んできてくれた人たち。どっちの言葉を信じるんだよ⁉」

少年の言葉で大人たちは目が覚めた。冷静になればわかることなのだ。荷馬車に積み込んだ大量の食料を遊び半分で配るはずがないし、アルト領から運んでくる手間も労力も相当なものだ。嫌がらせだけが目的ならほかにも賢い方法はある。

「すまねぇ、俺たちが間違っていた」

スラムの代表としてライザが頭を下げる。それが引き金となり、スラムの人たちはいっせいに頭を下げた。

「頭を上げてください。あなたたちは騙されていただけなのですから」

「聖女様……すまねぇ……」

「気にしないでください。それよりも一緒に食事としましょう」

「あ、ああ」

クラリスの合図と共に荷馬車に積んできた食料が開放される。果物はそのまま配られ、麦や野菜は大鍋で調理して振る舞われていく。

食事を楽しむ彼らは、クラリスたちに感謝する。幸せそうな彼らの顔から疑念はすでに消えていた。

「ねぇ、アルト様。フーリエ領の皆さんも善き人たちばかりですね」

「だな」

スラムの人たちを救えたことを喜び合う。ふたりの絆もより強く結びついていくのだった。

●

フーリエの執務室では嵐が巻き起こっていた。原因は公爵自身である。彼は怒りを発散するために、部屋の家具を手あたり次第に破壊していたのだ。

「クソオオオオッ」

おたけびをあげるが怒りは静まらない。彼の怒りの原因は聖女であるクラリスにあった。

(な～にが、弱者の味方の聖女様だ。わしの方が何百倍も偉大ではないかっ)

クラリスによる食料のばらまきは、スラムの人たちを困窮から救った。飢えて苦しむ者たちからすれば、それは神の施しに等しい。彼女の人気は天井知らずだ。

(クソッ、このままではアルト公爵に領地を奪われかねない)

聖女の人気が増せば増すほど、その夫であるアルトも評判になる。ただでさえ王族の圧倒的な武力と整った顔立ちで、男女共に人気の高かった彼だ。領主交代を叫ぶ革命運動のシンボルとされていた。

(アルト公爵のようにわしもスラムの貧民どもに頭を下げればよいのか……)

アルトの人気を生んでいるエピソードのひとつが、スラムの人たちに謝罪した件だ。公爵でありながら、平民と対等に接すると、噂に尾ひれがつき、人格者としての名声を確立したのだ。だがフーリエは認めない。虫に頭を下げる人間がいないように、平民を蟻以下だと見なしている彼は、頭を下げることができなかった。

苛立ちをぶつけるようにして、椅子を蹴り上げる。転がる椅子を見下ろしながら、彼はもうひとりの憎い相手を思い出す。

（こうなった原因はバーレン男爵を信じたことにある。同じ貴族でも男爵のような低い爵位の者を対等に扱うべきではなかったのだ）

クラリスの悪評を流す計画はバーレンの提案だ。しかし巷《ちまた》ではフーリエの差し金によるものだと扱われている。

その背景には、実の父親が娘のことを悪く言うはずがないという思い込みがある。それよりは男爵が悪の公爵に脅されたとするストーリーの方が納得できるからだ。

親子の絆さえ引き裂く、最低最悪の公爵とされ、民衆の支持は失われてしまった。フーリエは自分の不遇を嘆く。

「どうしてわしの領民はこれほどまでに愚かなのだ。無能な民を持つ不運が憎い。実力だけならほかの公爵と比べても群を抜いているというのに、序列第六位とはわしは運がなさすぎる……」

悪いのは環境や運勢であり、自分の行動は常に正しい。貴族らしい傲慢な考え方だった。

そんなフーリエの独り言を部屋の外で聞いていた部下の男が、気まずそうに扉をノックする。

「なんの用だ？」

「急ぎ報告したいことがあります」

「本当に急ぎの用事なのだろうな？」

「間違いありません」

「チッ、仕方ない。入室を許可する」

「では失礼して」

扉を開けた男は、フーリエが暴れた凄惨な状況を目にする。しかし彼はなにも口にしない。問いかけることがやぶ蛇になると知っているからだ。

「それで急ぎの用事とはなんだ？」

「実は、兵士の退職が相次いでいまして……」

「辞めたい奴は辞めればいい。勝手にしろ」

「そういうわけにもいかないのです……実は退職した兵士たちに、給料が未払いでして……退職金の代わりだと、砦《とりで》を占拠されたのです」

「なんだとっ！」

フーリエ領は帝国と国境が面している。そのため国境沿いには防衛の要となる砦が建てられ、敵の進軍に目を光らせている。

その砦が占拠されたのだ。これは退職した兵士たちの気分次第で領地が危機にさらされることを意味する。それこそ金で帝国に寝返る可能性も十二分にあった。

「砦を守るためだ。未払い分の給料を支払うと伝えろ」

「その資金はどこから用意すれば？」

「そんなもの適当に集めてくればいいだろう！」

「フーリエ様は我が領地の財務状況をご存じないのですか？」

「農作物の売上が下がっているとは聞いている」

クラリスたちが無料で食料を配布しているため、フーリエの農園で採れた作物を買う理由がなくなった。

売れない作物ほど邪魔な物はない。在庫ばかりが増える一方で、収入は落ち込む一方だ。それこそ兵士に支払う給金すら用意できないほどの苦境に立たされていた。

「なら食料の配布を禁止すればよかろう」

「それはやめた方がよろしいかと」

「まさか、貴様は聖女の味方をするのか？」

「いいえ、私は職業軍人ですから。給料が支払われている間はフーリエ様の忠実な僕《しもべ》です」

「ならどうしてわしの邪魔をする？」

「客観的な助言ですよ。領主交代を狙う抵抗組織が勢力を拡大している状況です。ここで食料の配布を止めて、高騰を起こせば、本当に革命が起きます」

「うぐっ、ならどうすればよいのだ！」

「フーリエ様の屋敷を処分されるのはいかがでしょうか？」

「それは駄目だ。わしの財産を傷つけずに、なんとかする手を考えろ！」

「ならば面倒を見ている負傷兵たちを王都に送り返すのはどうでしょう？」

「王子に押しつけられたあいつらか」

軍事力強化のためにハラルドから負傷兵を与えられたが、満身創痍《まんしんそうい》の彼らは役に立たない。治療費で財務を圧迫するだけの存在になっていた。

「だが王子は返却を受け入れまい」

「ならどうしますか？」

「この状況だ。恥も外聞もない。あいつらを馬小屋にでも放り込んでおけ」

「人道に反すると、ほかの公爵から非難されますよ」

「言わせたい奴には言わせておけばいい」

「まぁ、フーリエ様がそうおっしゃるなら……」

フーリエは腐っても上司であり、責任をとるのは彼の役目だ。男は渋々ながら命令を受け入れる。

「それよりも根本的な原因を排除しなければ。作物が売れなければ、いつか限界が来る。なにか案を出せ！」

「う～ん、フーリエ様も無料で食料を配るのはいかがですか？」

「わしが損をする。却下だ！」

フーリエは一考の価値すらないと否定する。部下の男はなにかないかと頭をひねり、妙案を思いつく。

「なら聖女様にお願いして、アルト領に帰ってもらうのはいかがでしょう？」

「あの悪女がわしの話を聞くと思うか？」

「優しい人との噂ですよ」

「いいや、わしは人を見る目に自信がある。あいつは悪魔だ。そんなぬるい手では通用せん。もっとこう直接的な……待てよ、簡単な方法があるではないか！」

「いい案を思いついたのですか？」

「頼み事などしなくとも、邪魔者は殺せばよいのだ。兵士たちに命じろ。聖女を殺せとな」

フーリエは問題解決のために、暴力に頼ることを決める。しかし彼は失念していた。クラリスの夫は、最強の魔法を扱えるアルトであるということを。

フーリエ領での慈善活動は順調だった。食料の配布もそうだが、聖女による回復魔法の恩恵も大きい。怪我人が減り、スラムは笑顔で満ちるようになった。

「やはり人が幸せになるのはよいものです」

不幸な人生を過ごしてきたからこそ、人に幸福を与えたい。充足感に、クラリスの口もとには小さな笑みが浮かぶ。

「お～い、聖女の娘さん」

「クルツ様、どうかされましたか？」

獅子のように茶髪を逆立たせながら、クルツが走ってくる。元負傷兵たちの代表であり、クラリスの護衛として一緒にやって来ていた彼だが、手が足りないといって、慈善活動に駆り出されていたのだ。

「怪我人を見つけてな。治療してやってほしいんだ」

「わかりました。すぐに向かいます！」

人を癒やすのが聖女であるクラリスの使命だと、クルツの頼みを快諾する。

「……アルト公爵はいないのか？」

「ゼノ様となにやら相談事があるそうで。一緒に孤児院に向かわれました。アルト様にもご用なのですか？」

「それがな、怪我をしている連中が、ただ者ではなさそうでな。万が一の危険もある。俺だけだと心もとないかと思ってな」

「クルツ様がいるのなら心配はいりませんよ」

クラリスはクルツの剣の腕を信頼していた。それが彼にも伝わったのか、まんざらでもなさそうに、頬をかく。

「そ、そうか？　それなら一緒に行くか？」

「はい」

クルツに連れられて、クラリスは街のはずれにある馬小屋へと案内される。嵐でも来れば吹き飛びそうなほど傷んだ建物の中に入ると、彼の言う通り、藁《わら》の上に怪我人たちが並べられていた。

「み、皆さん、大丈夫ですか？」

クラリスが声をかけるが反応はない。意識を失っているのだ。そのうちのひとりに駆け寄ると、ジッと顔を見すえる。

燃えるような赤い髪の男は、凛々しい顔つきをしていた。死んだように眠っており、体を揺すっても目を覚ます気配はない。

「この人たちはいったい何者なのでしょうか？」

「顔つきでわかる。戦争経験者だ。おそらくだが、俺と同じ負傷兵だな」

「あれ？　ですが負傷兵は厚遇されるとお聞きしましたが……」

「その辺はわからん。だが俺たちにやれることはひとつだけだろ」

「ですね」

怪我人を前にして治療しない選択はない。魔力を手のひらに込めて、回復魔法を発動させる。

癒やしの輝きに包まれた赤髪の男は、全身からまばゆいばかり輝きを放つ。治癒の力により、傷が癒えたのか、彼はまぶたをこすりながら、ゆっくりと起き上がる。

「ここは、いったい……」

「目を覚ましたようですね」

「あなたは？」

「私はクラリス。一応、聖女と呼ばれています」

「せ、聖女様！」

赤髪の男は聖女と聞くと、焦ったように平伏す。いったいどうしたのかと、クラリスの方が困惑してしまう。

「顔を上げてください。え～っと」

「僕はジェスタと申します。巷では『龍殺しの騎士ジェスタ』と呼ばれていました」

「ドラゴンを倒したのですか？」

「楽勝でしたね。なにを隠そう、僕も聖堂教会の信徒ですから。聖女様の名誉のためにも敗れるわけにはいきません！」

「聖堂教会の信徒ということはゼノ様と同じ……」

クラリスへの仰々しい態度も、同じ聖堂教会の信徒であるゼノを思えば理解できた。

「ゼノをご存じなのですね。あいつは僕の幼なじみですよ」

「世の中は狭いですね！」

ゼノの幼なじみならば、ジェスタもまたクラリスにとって大切な人だ。治療のために立ち上がるように伝えると、彼は勢いよく背筋を伸ばした。

「それにしても、まさか聖女様に癒やしてもらえるとは。うれしくて涙がこぼれそうです。子々孫々まで語り継ぎますね」

「大げさですよ。私は困っている人を助けるのが好きなだけです」

助けることに打算がない。だからこそ聖女なのだ。

「なぁ、聞いてもいいか？」

「あなたは？」

「俺はクルツ。聖女の娘さんの護衛だ」

「ほぉ、では同志ですね」

「同志……なのか？」

「聖女様を想う気持ちがあれば、それはもう敬虔《けいけん》な信徒です」

「そ、そうか。まぁ、いいや。それよりも聞かせてくれ。お前は負傷兵だろ。どうしてフーリエ領に？」

「意識を失っていたので知りません。ただ馬小屋に放り込まれていたのですから、丁重な扱いを受けていないことだけはわかります……ふむ。ここがフーリエ領なら領主はフーリエ公爵ですね？」

「そうだが」

「ククク、いずれ彼には神の裁きが下るでしょうね」

「裁き？」

「いずれの話です。気にしないでください」

「は、はぁ」

爽やかな笑顔で物騒なことを口にするジェスタにクルツがたじろいでいると、彼はクラリスに視線を移し、顔をジッと見すえた。

「ここにいる負傷兵たちは、皆が敬虔な聖堂教会の信徒です。『千人斬りのリュウ』に『金剛砕きのテフ』など、名の知れた英雄も多く、きっと聖女様の力になってくれるはずです。ぜひ、神の奇跡で癒やしを与えてください」

「もとよりそのつもりです……ですが、その前にひとつ聞いてもいいですか？」

「どうぞ」

「なぜ聖堂教会の信徒ばかりが兵士として集まっているのですか？」

戦場に送り込まれる基準に宗教は関係ない。国民のほとんどが無宗教の王国で無作為に抽出すれば、このような偏りは生まれないはずだ。

「明確な理由はわかりませんが、心あたりはあります。実は僕たちは国王に危険な思想の持ち主として敵視されていたのです」

「えええっ」

「もちろん、誤解ですよ。我々は敬虔な聖堂教会の信徒ですから。しかし噂は広がっていましたから、受け入れてくれる領地がなかったのではないでしょうか……それなら馬小屋に放り込まれたのも納得できます。この地の領主は僕らの世話を押しつけられたのでしょう」

「フーリエ様もご苦労されていたのですね」

「同情の余地はありますね。馬小屋に放り込まれた恨みは忘れていませんが」

「あ、あの……」

「なにか?」

「いえ、なにも……」

復讐はなにも生まないと、正論を伝えるのはためらわれた。笑みを浮かべながらも、彼の瞳が濁っており、そんな正論だけで考えなおすとはクラリスには思えなかったからだ。

「噂をすれば影。ゲスはやはりゲスですね」

「え?」

「フーリエ公爵ですよ……外に人の気配を感じます。数十人、いや数百人はいますね」

「聖堂教会の信徒たちが手伝いに来てくれたのでしょうか」

「微《かす》かに血のにおいを感じます。こいつらは——僕と同じ人殺しです。クククッ、聖女様に刺客を差し向けてくるとはいい度胸をしている」

ジェスタの口もとに浮かんでいた柔和な笑みが消える。立ち上がると、ひとりで敵の待つ外へと向かう。

「あの、ひとりでは危険です」

「問題ありません。それよりも聖女様は僕の仲間たちを治してください」

「ですが……」

「杞憂だと証明してみせますよ」

ジェスタは走り出す。その背中を追いかけることも考えたが、クラリスでは足手まといになるだけだ。彼のピンチを救うには武力がいると、藁の上で眠る怪我人たちを治していく。

ひとり、またひとりと傷が癒えると目を覚ましていく。だがそれに負けない早さで、馬小屋の外から聞こえてくる剣戟《けんげき》の音が大きくなっていく。

「あの、クルツ様、ジェスタ様を助けていただけませんか？」

「駄目だ。俺は聖女の娘さんの護衛だからな」

「しかし……」

「それに手伝いは必要ない。なにせ助っ人が来たようだからな」

「あの声は……ゼノ様ですね！」

争いの声に聞き慣れたゼノの声が交じる。魔法使いの彼の助力があれば安心だと胸をなで下ろしていると、ほどなくして喧騒がピタッと静かになった。

すべてを解決したふたりが馬小屋へと戻ってくる。彼らの顔は達成感に満ちていた。

「聖女様、僕の実力を証明してきました」

「我ら聖堂教会の勝利ですね」

満足げな顔のジェスタとゼノだが、服には血が付着していた。ふたりを心配して、クラリスが駆け寄る。

「怪我をされたのですね。今すぐ回復魔法で治しますから」

クラリスは服の上に手を添えようとするが、ふたりはそれを拒絶する。

「治療の必要はありません。これは返り血ですから」

「か、返り血、ですか……」

「聖堂教会の敬虔な信徒である我らが、あのような者たちに不覚を取ることはありませんから。それよりも……」

ゼノはすぅと息を吸い込むと、ためた息を吐き出すように「注目！」と叫んだ。回復した負傷兵たちは立ち上がると、背筋をピンと伸ばして、彼に視線を集める。

「どうやら皆さん、私のことを覚えているようですね？」

「顔を変えてもゼノさんのことを忘れる奴なんていません」

「よろしい。それでこそ敬虔なる聖堂教会の神兵《しんぺい》だ」

『神兵』と呼ばれた彼らは先ほどまで意識不明の重症だったとは思えないほど、血の気の多い顔に変わる。

「神、もとい聖女様に仕える神兵諸君。我々は先ほど送り込まれた刺客から目的を聞き出しました。いったいなにが狙いだったと思いますか？　まさかの、まさか。フーリエ公爵は我らが神、聖女様の命を奪おうとしたのです！」

クラリスは命を狙われるほどに恨まれていたことに驚くが、それ以上に神兵たちの変化に注意が傾く。彼らは殺意を瞳に宿し、拳を握りしめていた。

「我らが聖女様を害するフーリエ公爵を――」

「殺せ！　殺せ！　殺せ！」

「命を捨てる覚悟はできましたね！　私が先導します。皆さん、フーリエ公爵に神罰を下しましょう」

「うおおおぉっ」

馬小屋を揺らすほどのおたけびがあがる。物騒ななにかが始まろうとしていた。そこに待ったをかけるべく、クラリスはゼノに声をかける。

「ゼノ様、待ってください！」

「聖女様、どうかされましたか？」

「あ、あの、私の命が狙われたことは気にしていません。だから……」

「聖女様はお優しいですね」

「ゼノ様……」

「だからこそ、あなたを傷つけようとしたフーリエ公爵が許せません。待っていてください。不届き者の亡骸《なきがら》を、あなたのもとへと運んでまいりますから」

それだけ言い残すと、ゼノは神兵たちを連れて、走り出した。

「あ、あの、待って。待ってくださーいっ！」

クラリスは制止しようと声をかけたが、ゼノの脚力に追いつけるはずもない。遠くへと消えていく彼の背中を見つめながら、頬に冷たい汗を流すのだった。


暴走を始めたゼノたちを止めるため、クラリスは馬小屋でアルトと合流する。事情を共有したふたりは、フーリエの屋敷へと向かっていた。石畳の街道を走りながら、隣のアルトに視線を送る。

「ゼノ様たちはご無事でしょうか？」

フーリエは公爵である。屋敷には護衛もいるはずだ。彼らが無事であることを祈る。

「ゼノの心配は杞憂だ。あいつの実力はかなりのものだからな」

「戦っているところを見たことがあるのですか？」

「ない。だが身にまとう魔力でわかる。あいつは修羅場をくぐり抜けている猛者《もさ》だ。屋敷に常駐させている兵力では止められないだろう」

最初から想定していたのならともかく、突然の襲撃だ。ゼノを対処できるほどの戦力を待機させているはずもない。

「突きあたりを曲がった先がフーリエ公の邸宅だ。覚悟はいいな？」

「はいっ」

心の準備をしてから曲がり角の先の景色を視界に入れる。広がった景色は、傷んだ建物の中にポツリとそびえる豪邸。そしてそれを取り囲む群衆だった。

群衆は木板のプラカードで、抗議の声をあげている。一触即発の状態だ。クラリスはアルトに守られながら、恐る恐る群衆に近づいていく。

「あ、あの、あなたたちは聖堂教会の信徒なのですか？」

ゼノの仲間かと思い、群衆に問いかけると、その中のひとり、若い男がクラリスの質問に答えた。

「いいや、俺は無宗教だ」

「ならどうして抗議活動をされているんですか？」

「フーリエ公爵に恨みがあるからさ。ここにいる奴らは皆そうだ。毎日こき使われて、怒りがたまっていたんだ。そんな折、知り合いから復讐のチャンスをやると誘われてな。そりゃ参加するだろ」

「知り合いとはまさかゼノ様ですか？」

「ゼノ？　誰だ、それ？」

「いえ……なら誰に誘われたんですか？」

「革命派の友人さ」

革命派。それはフーリエを排除し、アルトを新たな領主にするべく活動する者たちである。どうしてそのような者たちがとの疑念に答えたのは、アルトだった。

「ゼノの奴、ここまで計画していたのか……」

「どういうことですか？」

「今回はたまたま計画外のことがキッカケになったのだろうが、いずれは暴動を起こすつもりだったのだ。そのために反領主の勢力と手を組み、力を高めていたのだ」

火を放っても、ボヤ騒ぎでは意味がない。革命を成就させるためには、力を集結し、大火を起こす必要がある。

その証拠に抗議活動の参加者は見る見るうちに数を増していく。行列のできる店に人が集まるように、人混みが人を呼ぶのだ。

群衆は勇気を生み出すのだ。ひとりではフーリエに立ち向かえなくとも、大勢に紛れることで、大胆な行動にためらいがなくなる。

たまった鬱憤《うっぷん》を吐き出すように、皆が大声で抗議の声をあげていた。

「クラリス、屋敷の庭を見てみろ」

「あの神父姿は……間違いありません。ゼノ様です！」

屋敷の敷地内に入り込んで、内庭で大声をあげている集団を見つける。特徴的な格好を見間違うはずもない。ゼノを含む聖堂教会の神兵たちだった。

「フーリエ公爵、出てこいっ。出てこないなら容赦しないぞっ」

「火炎瓶持ってこい！」

「いいねぇ、豚の丸焼きにしてやれっ」

戦場をくぐり抜けてきた神兵たちは、やることも派手である。言葉よりも暴力の方が主張は伝わると、屋敷に石や火炎瓶を投げ込む者まで現れていた。

「ゼノ様！」

「これは聖女様ではありませんか」

ゼノが好戦的な笑みをクラリスへと向ける。敵意はこちらへと向いていないが、それでも背筋が冷たくなる。

「こんなことはやめさせてください」

「もちろん、私もそのつもりです」

「そ、そうなのですか？」

ゼノがあっさりと折れてくれたことに、クラリスは驚きと共に、普段の彼らしくない反応に疑問を覚えた。

「聖女様のご要望通り、フーリエ公爵には、領主を辞めていただきます」

「あ、あの、私がやめてほしいのは――」

クラリスの制止を遮るように、屋敷の扉が開かれる。怒りで顔を真っ赤に染めたフーリエが全身に魔力をたぎらせながら現れたのだ。

「扉越しに話を聞いていたぞ。やはり貴様は悪女ではないかっ！」

「ち、違うのです。私は……」

「問答無用！　正義はわしにあり！」

フーリエは水球を生み出すと、空中に浮かべる。衛星のように、彼の周囲をクルクルと回る水は、次第に速度を上げていく。

「わしも遠縁ではあるが、王族の血を引いておる。すべての自然属性を扱うことはできぬが、水魔法だけならば、一族でも右に出る者はおらん。もし泣いて詫びるのなら、許してやらぬでもないぞ」

挑発にも似たフーリエの言葉は、神兵たちの神経を逆なでした。彼らの怒りがピークに達する。

「上等だあああっ」

「聖女様のために、フーリエ公を処刑しろおおっ！」

「絶対に生かして帰すなぁ！」

怒りは死の恐怖さえなぎ払う。神兵たちは水球で身を守るフーリエに、身の犠牲を恐れずに特攻する。

「魔法使いに無策で飛び込んでくるとは愚かなり」

脅威を排除しようと、フーリエは水の弾丸を放つ。水も音速で放たれると、鉄の硬さになる。水で撃ち抜かれた神兵たちは、衝撃で芝生を転がった。

だが彼らは決して退かない。死ぬこと以外カスリ傷だと言わんばかりに、起き上がっては襲いかかる。まるで不死者に襲われるような恐怖に、さすがのフーリエもパニックになる。

「ち、近づいてくるでないっ」

冷静な判断力を失ったフーリエは、四方に水の弾丸をばらまく。照準を定めないで放たれた弾は、彼の意図しない方向へ飛んでいく。

「え？」

水球のひとつが、クラリスへと向かっていく。恐怖で足が動かない。このままでは直撃すると覚悟した時、彼女をアルトがかばった。

アルトの腕の中に抱かれながら、衝撃で芝生の上を転がる。痛みは彼が守ってくれたおかげで感じない。

だが自分のために我が身を犠牲にしてくれたアルトに対して、罪悪感で胸がいっぱいになる。

「ア、アルト様……血が……」

「き、気にするな。わ、私は無事だ」

アルトの口もとからは血があふれていた。咄嗟《とっさ》にかばったため、受け身を取れずに直撃を受けたからだ。もしかすると内臓が傷ついているかもしれない。

「私なんかのために……アルト様が傷つくなんて……」

「夫だからな。大切な妻のためなら、命くらい張るさ」

アルトは痛みに耐えながらも笑みを浮かべる。その笑みがクラリスを心配させないためだと察し、心が締めつけられていく。

「い、今すぐに治しますね」

アルトは耐えているが、臓器が傷ついているなら、その痛みは耐えがたいはずだ。一刻も早く楽にしてあげたいと、回復魔法で治療を開始する。

クラリスが手を添え、光で包み込んでいくと、口もとからあふれていた血が止まり、アルトの表情もやわらかくなる。痛みから解放された証拠だった。傷が癒えたことに安心し、彼女の目尻から安堵の涙がこぼれる。

そんな彼女の寄り添う姿は、神兵たちの心を震わせた。彼らは怒りで拳を握りしめ、中には血を滲ませる者もいた。

特に代表であるゼノの怒りは格別であった。彼はすぅと息を吸い込んで叫ぶ。

「敬虔なる信徒たちよ。聖女様が涙を流す。その原因となった男を生かしておくべきでしょうか⁉」

「地獄行きだああっ！」

「フーリエ公爵を倒しても神はあなた方を許しましょう。死して天国へ迎えられるために、皆さん、剣を突き刺しましょう」

「うおおおおおっ」

目を血走らせた神兵たちが突撃する。フーリエは彼らの迫力に死を覚悟する。頭の中によぎる走馬燈。そこから生き残るための方法を考える。そして彼の出した結論は、とある言葉を叫ぶことだった。

「この卑怯者《ひきょうもの》おおおっ！」

あまりに予想外な言葉に、神兵たちの動きが止まる。そこにすかさず、フーリエは言葉を続ける。

「貴様らは聖堂教会の信徒であろう。わしひとりを集団でいたぶるなど、神に仕える者たちがやることかっ！」

大勢の平民をいじめてきた男が今さらなにを言うかと、反論が喉まで上がってくる。しかしその言葉が放たれるよりも前に、フーリエは手袋を取り、治療中のアルトに投げつけた。

「アルト公爵、わしとすべてを賭けて決闘だ」

フーリエは一縷《いちる》の望みにすがるように、アルトを見下ろす。頭の上にのった手袋を、彼はゆっくりとした動作で受け取るのだった。


決闘宣言は場の空気を凍らせたが、それは怒りを静めたわけではない。沸騰石に水をかけた時のように、神兵たちの怒りという名の水蒸気が湧き上がった。

「卑怯はてめぇだろうが！」

「怪我人に決闘を申し込むクズはつぶせ！」

「俺たちが相手になってやるよ！」

神兵たちはいっせいに襲いかかろうとする。しかし彼らに待ったをかけたのは、当事者のアルトであった。

「決闘を申し込まれたのは私だ。私が相手をする」

「ま、待ってください、アルト様。あなたは怪我をしていたのですよ」

「クラリスのおかげで痛みは消えた」

「でも……」

傷が癒えたとはいえ、心配であることに変わりはない。彼女はやめるようにと頼むが、アルトは首を横に振る。

「フーリエ公、先ほどすべてを賭けてといったな？」

「わしの全財産を賭けよう」

「それだけでは足りない。領主の座も賭けろ。それが決闘を受ける条件だ」

全財産を奪っても、領民に重税を課すことで、回収するのが、フーリエという男だ。やるならば徹底的に、権力まで奪ってこそ初めて意味がある。

「領主の座か……クソッ……」

フーリエは予想していなかった条件に戸惑う。もし負ければ本当の破滅であり、平民以下の生活を過ごす羽目になるからだ。

「アルト公爵様のご提案、素晴らしいではありませんか」

ゼノがパチパチと拍手を贈る。その口もとには変わらず笑みが浮かんだままだ。

「わしはまだ受けるとは言っておらん」

「では我々との戦闘を再開しますか？」

「ぐっ……」

「私はあなたの決断に任せます。決闘を受けるか、断って破滅するか。好きな方を選んでください」

最悪の二択だが、断れば勝てるはずもない神兵たちと闘いになる。それよりはわずかな勝利の可能性に賭けるべきだと、フーリエは苦渋の決断を下す。

「その条件で決闘をのんでやる。貴様の財産も領地も、そして聖女でさえもすべてわしのものにしてやる！」

フーリエは魔力から水の弾丸を作り出す。しかしその大きさは先ほどまでとは比較にならない。大砲の弾にさえ匹敵する大きさの水が高速で回転する。

「王宮から追放された出来損ないに、わしの水魔法は止められん。貴様は悪女と共に破滅するのだ」

フーリエはアルトを侮辱する。その言葉を受け、彼の瞳が鋭く輝いた。怒りが表情に滲む。

「わしの侮辱が図星だからと怒ったのか？」

「いいや、違う」

「王宮を追放されたことが嘘だとでも？」

「それも違う。私は醜さゆえに王族としての立場を失った。それは紛れもない真実だ」

魔物の呪いをかけられ、この世の者とは思えぬほどに醜くされてしまったアルトは、家族から愛されていなかった。

辺境の領主の座を与えられ、厄介払いされた彼は、自他共に認める王族の落ちこぼれだ。だが唯一、そんな彼を認めてくれる者がいた。クラリスである。

獅子が大切な子を狙われると牙をむくように、アルトもまた全身に魔力をたぎらせる。体から放出された魔力が輝き、怒りが大気を震撼《しんかん》させた。

「フーリエ公、私は君がクラリスにした仕打ちに怒っているのだ。侮辱し、傷つけ、私の人生で最も大切な彼女を奪おうとした。それだけは絶対に許せないっ」

一歩ずつ近づいて、距離を詰めていく。フーリエから油断は消えていた。出来損ないとして王族の地位を追いやられた彼だが、放っている威圧感は直系のハラルドのものを超えていたからだ。

「だがそれでもわしは負けられぬのだ」

フーリエは水の大砲を放つ。人であるなら直撃すれば死を逃れることはできない。しかしアルトは襲ってくる水の砲弾を慌てることなく見つめ、右の手のひらを前にかざして受け止めようとする。

「馬鹿め。高速で放たれた水を素手で受け止めるなど自殺行為と変わらん」

「……どうやら忘れているようだな。私はすべての属性を扱える自然魔法の使い手なのだぞ」

かざしたアルトの手のひらに光が集まり魔力が凝縮されていく。魔力は炎の弾丸となって放たれ、次の瞬間、それが水の砲弾に激突する。相殺した炎と水が水蒸気に変化し、視界が白く染まった。

「ど、どこにいった！」

真っ白な視界で、フーリエはアルトを探る。気配を感じ、振り返ると、そこには拳を振り上げるアルトがいた。

「クラリスの痛みを受け止めろ」

振り下ろした拳がフーリエの顔に突き刺さる。魔力を集中させせた拳による一撃だ。鼻骨を折り、前歯を砕いて、彼を吹き飛ばす。

芝生を転がりながら、フーリエは血を吐いて倒れる。一撃。たったそれだけで決着がついた。

「アルト公爵の勝利です！」

ゼノの宣言で神兵たちはおたけびをあげる。その声を屋敷の外で決闘を見守っていた群衆たちも耳にする。

「フーリエ公、領主辞めるってよ」

「ひゃっほー、最高だぜ！」

「これで俺たちも幸せになれる！」

群衆はアルトが新しい領主になることを歓迎する。それはクラリスも同じ気持ちだ。だからこそフーリエのもとに駆け寄る。

クラリスはフーリエを回復魔法で治療する。癒やしの光に包まれた彼は、意識はまだ取り戻さないが、怪我が治り、穏やかな表情へと変わっていく。なぜ敵であるはずの彼に情けをかけるのかと、群衆に戸惑いが生まれた。

「どうして聖女様はフーリエ公を助けたのですか？」

「傷ついている人を放っておけませんから。それにアルト様が乱暴な人だと思われたくないですから」

統治者がアルトに代われば、新しい領主がどういう人物かという噂が領民たちの間に流れる。

決闘で倒した相手の命を奪うようなことがあれば、恐ろしい印象を与えてしまう。クラリスはアルトの優しい性格を誤解されたくなかったのだ。

「私のためにありがとう。君のためにもフーリエ領の皆を必ず幸せにしてみせると約束する」

「私もそばで支えますから、共にがんばりましょう」

アルトとクラリスは手をつなぐ。仲睦まじい彼らをたたえるように、「公爵様万歳、聖女様万歳」とエールが鳴り響くのだった。

第四章　～『ハラルドとの決着』～

フーリエとの決闘から数か月が経過した。彼の所有物をすべて手に入れたアルトは、クラリスと共に、フーリエ農園を視察していた。

「見える景色すべてが農園なのですね」

「さすがは王国の食料庫だな」

雨露で輝く緑の農園に心を奪われる。フーリエが運営していた時は、これほどまでに美しい景観ではなかった。

最初の変化はクラリスがもたらした。肥えた大地を回復魔法でさらに促進し、作物の出来をよりよくしたのだ。

それと並行して、アルトが農園で働く従業員の待遇を改善した。搾取されていた給与体系を見なおし、成果報酬の制度を設けることで、皆が作物の収穫に喜びを感じるようになったのだ。

改善した農園は夫婦の絆の象徴でもあった。肩を寄り添わせるふたりに、声がかかる。

「聖女様、俺の育てた野菜を食べていってくれ」

「僕の野菜も絶品ですよ」

「わしのもひと口食べとくれ」

農園の至る所から野太い声が飛んでくる。どの声にも好意が交ざっているのは、クラリスの好感度の高さの証明だった。

「皆さん、優しい人たちばかりですね」

「特に男連中は、クラリスのことを慕っているようだな」

「娘のように思ってくれているのでしょうね」

クラリスの美貌は領内の男性たちを虜にしていた。だが自己肯定感の低い彼女は、まさか自分が言い寄られるはずはないと、その好意を親切として捉えていたのだ。

「クラリスは鈍感だな……」

「どういうことですか？」

「なんでもない。ただ君を誰にも渡すつもりはないだけさ」

「はい。私はずっとアルト様のものですよ」

ふたりは農園の視察を終えると、街へと移動する。石造りの街並みは以前の暗い面影が消えている。路上で倒れ込む者はいないし、スラムも消えた。

「聖堂教会の慈善活動には感謝しないとな」

「ゼノ様たちの活躍のおかげで、飢えて苦しむ人が減りましたからね」

教会による衣食住の提供は、貧困から大勢の人を救った。彼らはフーリエ領において、一種の英雄のようにさえ扱われている。

「聖堂教会が人気なおかげで、聖女グッズも売上が伸びているとのことだ」

「は、恥ずかしいです」

「街の中央広場には彫像も建てられたそうだしな」

「えええっ、聞いていませんよ！」

クラリスは驚きで声をあげる。その反応はどこか否定的であった。

「クラリスは彫像がうれしくないのか？」

「え、だって彫像ですよ？」

クラリスは恥ずかしいだけだと否定するが、その言葉を聞いたアルトは、昔を懐かしむように笑みを浮かべた。

「ふむ、やはりクラリスは兄上とは違うな」

「ハラルド様と？」

「王族は十歳の誕生日になると王宮に彫像を建てられるからな。大はしゃぎしていたぞ。『俺は偉人だ、偉いんだ』とよく自慢されたものだ」

「ハラルド様らしいですね」

子供の頃から変わらないハラルドの性格に微笑ましさを感じる。クラリスの口もとから小さな笑みがこぼれた。

「アルト様の彫像もひと目見てみたいものですね」

「残念ながら、私の彫像はない。なにせ幼少の頃は醜い顔をしていたからな。王族の恥だと、ひとりだけのけ者にされたのだ」

「アルト様……」

子供の頃のアルトを思い、クラリスの胸が締めつけられる。そんな彼女の心情を見抜いたのか、彼は小さく微笑んだ。

「だがクラリスの彫像なら問題ない。ゼノが魂を込めて生み出したそうでな。見事な出来栄えだったぞ」

「美化されすぎていないかと不安になりますね」

「安心しろ。実物の方が何倍も美しいからな」

「そう言ってくれるのはアルト様だけです」

クラリスたちは街の中央へと進んでいく。貧困から解放されたおかげで、治安が乱れる心配はない。それどころかふたりに向けられる好意がより強さを増していく。

特に女性向けの服飾雑貨の商業区画へ足を踏み入れた時の反応はひとしおだ。黄色い声が至る所から飛んでくる。

「アルト様は女性から慕われているようですね……」

クラリスは笑顔を浮かべているが、横顔に影が交じっていた。その影は彼を奪われないかと心配する感情の表れだった。

そんな折、クラリスたちのもとへとひとりの女性が近づいてくる。年が十五、六の美しい淑女だ。美貌にてらいを含んだ笑みを浮かべながら、アルトをまじまじと見つめる。

「あ、あの、アルト様、これ、クッキーを焼いたんです。どうか食べてください」

女性は綺麗にラッピングされた菓子を差し出すが、アルトは微笑みながら首を横に振る。

「気持ちはありがたいのだが、女性からの贈り物は受け取らないと決めているのだ」

「そ、そうですか……残念です」

「そのクッキーは君の好きな人にでもあげるといい。きっと喜んでくれる」

「は、はい」

アルトがやわらかい対応をしたおかげもあり、女性はうれしそうに彼のもとを離れていく。

その様子をクラリスは不思議そうに眺めていた。

「どうして受け取らなかったのですか？」

「好意の形は好きな人に渡してこそ意味がある。私に受け取る資格はない」

憧れと好意は違う。アルトは自分に向けられた感情が前者だと理解していた。

「それに私はクラリス以外の女性から贈り物を受け取るつもりはない。君を嫉妬させてしまうからな」

「アルト様らしいですね」

愚直な対応だが、そんな不器用さを好ましく感じる。クラリスは白い手を絡めると、ギュッと握りしめた。

（こんな穏やかな日常がいつまでも続きますように……）

クラリスは内心で平和を願う。しかし彼女は失念していた。フーリエがいなくなっても、彼女の悪評をばらまいていた父親のバーレンが健在だということを。


決闘で敗れたフーリエは名誉も金も領主の地位もすべてを失った。一般市民として生きることになった彼は、逃げるように領地を去り、王都へと身を寄せていた。

「どうしてわしがこんな目に……」

私財を失ったフーリエは日銭を得るために、衣服や装飾品を処分した。ボロ衣を身にまとい、満足な宿もない彼は、ホームレスに落ちぶれていた。

「食料配布の時間ですよー」

「わ、わしにもくれ」

王国では聖堂教会による慈善活動の一環として、食料の配給が行われていた。観光名所でもある噴水広場には、大勢の貧困者が集まり、食料が配られるのを並んで待っている。

「おじさん。あなたの番ですよ」

「おおっ、ありがたい。今日の晩飯はなんだ？」

「クリームシチューと小麦パンです。豪華でしょ？」

「は、早くよこせ」

「その前にお祈りを」

「……やらねば駄目か？」

「神を信じぬ者に救いは与えられませんから」

「うぐっ、背に腹は代えられぬ。仕方あるまい」

神への祈りはフーリエにとって最大の屈辱だった。なにせ聖堂教会が祈る対象とは、彼の憎き宿敵だからだ。

「では聖女様に感謝を！」

「せ、聖女に、感謝を……」

「様が抜けていますよ」

「聖女様に！　感謝を！」

「よくできましたね。神に感謝し、食事を味わってください」

「うぐっ……」

歯を食いしばりながら、皿に注がれたシチューとパンを受け取る。近くのベンチに腰掛けると、流し込むように口の中に放り込んだ。

冷えた体が温まると、涙があふれてきた。シチューの優しい味に感動したことと、その食料が宿敵によって与えられたものだという屈辱に心が震えたからだ。

「あの聖女はやはり悪女だ。弱った心に恵みを与え、信者を増やしているのだ」

砂漠で与えられた一杯の水に一生の恩を感じるように。地の底に落ちたからこそ、聖女の優しさが麻薬のように心に染みていく。憎い相手を神と崇めたくなるのだ。

「うまかった。だがわしの心はまだ折れておらん。いつか領主へと返り咲いてみせる」

空になった皿を信徒へと返す。空腹ではなくなったが、満腹ではない。かつての美食を思い返して、口の端からよだれをこぼす。

おかわりをもらえないかと、聖堂教会の信徒を探す。すると、思いがけない人物を目にする。

「あれは……」

「そこにいるのは、フーリエ公爵ではありませんか？」

「貴様は……バーレン男爵！」

クラリスの父親であり、フーリエが破滅する原因を生み出した男だ。恨みだけなら聖女以上である。そんな彼を前にして、拳をギュッと握る。

「わしになんの用だ？」

「あなたが落ちぶれたと聞いたものですから。真偽を確かめに来たのですよ」

「悪趣味な」

「ククク、でもお金が欲しいでしょ。ほら、拾ってください」

懐から銅貨を取り出すと、地面に放る。パンひとつの価値しかない硬貨だが、ホームレスとして暮らすフーリエには大金だった。

プライドよりも実利を優先してひざまずく。銅貨を拾い、顔に花を咲かせる彼だが、その花は悪意によって散らされる。バーレンが彼の顔を蹴り上げたからだ。

襲ってきた痛みにフーリエは、鼻を押さえる。そこに追撃の蹴りが浴びせられ、彼は嵐が過ぎ去るのを待つ亀のように、ジッと頭をかかえた。

「公爵を足蹴にできる日が来ようとは。私は幸運な男だ」

「や、やめろ。私は公爵だぞ」

「立場はそうでも、金も権力も失った今のあなたは恐ろしくありませんから」

「ぐっ」

フーリエは魔力を練ろうとするがうまくいかない。反撃の機会を得られぬまま、襲ってくる痛みを我慢する。

「ど、どうして、魔法を使えんのだ」

「やはり知らなかったのですね。さすがは温室育ちの公爵様だ」

「理由を知っているのか⁉」

「魔法は精神状態に依存するのですよ。体調が優れていれば、魔力は安定し、十二分な力を発揮します。しかし今のあなたは衣食住が不足している。そのような状態では、魔力も精彩を欠くのですよ」

叩きつけた足がフーリエの顔を踏み砕く。歯の折れた音が響くと、彼は血を噴き出しながら気絶した。

「ふん、私以外の貴族は馬鹿ばかりだ。だから、私の能力を正しく評価できないのだ。男爵というだけで私を下に見る愚か者たちが憎い。実力だけなら公爵以上だというのに……爵位さえあれば、金さえあれば。もしもの話で実力を過大評価するバーレンの顔には、傲慢さが滲み出ていた。

「フーリエ公、フーリエ公はいないか？」

バーレンの耳に聞き覚えのある声が飛び込んできた。

「この声はまさか……」

「おおっ、バーレン男爵ではないか」

「ハラルド王子！」

黒髪の麗人ハラルドが手を振る。クラリスの父であるバーレンに、彼は気を許していた。友好的な笑みが口もとに張りついている。

「バーレン男爵がここにいるのなら、クラリスも近くにいるのか？」

「いいえ、ここには……」

「それは残念だ。会いたかったのだがな」

「それよりも王子はどうしてこちらに？」

「おおっ、そうだ。フーリエ公がこのあたりにいると聞いてな。捜しに来たのだ」

「彼とは仲がいいのですか!?」

フーリエはプライドの塊であり、人から好かれるような性格をしていない。そんな彼が、ハラルドとは親密な関係であることに驚かされる。

「友ではない。だが負い目があってな。困っているなら助けてやろうと思ったのだ」

ハラルドは負傷兵をフーリエに押しつけたことに負い目を感じていた。その贖罪《しょくざい》のために、彼を捜していたのだ。そしてバーレンの足もとに目的の人物を見つける。

「まさか、そこにいるボロボロの男は……」

「あの、これは……」

フーリエは特徴的な外見だ。他人の空似では通じない。

だが真実を明かすこともためらわれる。弱ったフーリエを痛めつけたのが自分だと知られれば、今まで積み重ねてきた信頼が崩れ去る。バーレンはそう考えた。

「やはりフーリエ公か。誰にやられたのだ？」

「そ、それは、その……」

「俺にも言えないことなのか？」

「うぐっ……あ、あの……アルト公爵がやりました」

「なんだとっ！」

バーレンの言いよどみを、同じ貴族であるアルトを売ることに対するためらいだと受け取ったのか、ハラルドはすんなりと受け入れる。

怒気を含んだ思いがけない反応にチャンスだと、バーレンは嘘に嘘を積み重ねる。

「王子のおっしゃる通り、アルト公爵は決闘ですべてを奪っておきながら、落ちぶれた彼をさらに痛めつけたのです。あれほどの悪漢を私は知りません」

「我が弟ながら最低だな」

「ですが私の娘の婿でもあります。フーリエ公爵は責任を持って私が保護しましょう」

「さすがはクラリスの父親だ。心根が優しいのだな」

バーレンは額に浮かんだ汗を拭う。もしフーリエを傷つけたのが自分だと露呈すれば、ハラルドからの信頼を失うことになっていた。保護という名目で身柄を預かれば、口封じもたやすい。危機を乗り越えたとほっとしていると、ハラルドは新たな疑問を口にする。

「しかし不思議だ」

「な、なにがでしょうか？」

「クラリスはなぜあのような卑劣漢と共にいるのだろうな？」

「そ、それは……もしかすると洗脳されているのかもしれません」

「洗脳だとっ⁉」

大切な想い人の危機に、ハラルドは怒りで全身から鋭い魔力を放つ。だが理性も少しは残っている。彼は頭に浮かんだ疑問を口にする。

「なにか根拠でもあるのか？」

「もちろんですとも。アルト領が農作物の輸出で大きな成果を得ているのはご存じですか？」

「憎たらしいが、知っている。なんでも市場に流れている作物と比較にならぬほど質がいいとか」

「その話、オカシイと思いませんか？」

「アルト領は痩せた大地で、満足な作物が育つ土壌はない。どんな手品を使えば、あのような作物が採れるのかと疑問には思っていた……」

「その秘密こそ薬物の力なのです」

「薬だとっ！」

「アルト公爵は危険な薬物実験を繰り返し、作物を生長させる薬を開発しました。しかし薬品の開発は想定外の薬を生むことがあります」

「そのひとつが洗脳薬ということか……」

「さすがは王子。ご慧眼《けいがん》です」

すべてバーレンの頭の中で生み出した妄想である。だが農作物の成功という真実に嘘を交ぜているため、ハラルドは説得力を感じてしまう。

「そもそも洗脳されていなければ、どうして王子との婚約を断るのですか？」

「た、たしかに。俺は顔、名誉、金。すべてが完璧だ。性格も優しくて穏やかで、右に出る者はいない」

「そのあなた様が婚約を拒否されたのですよ。ありえないでしょう」

「つまりクラリスは俺に惚れているが、薬のせいで意思をねじ曲げられていると？」

「まさしく」

「ゆ、許さないぞ、アルトめ。俺の剣の錆にしてやるっ」

ハラルドは怒りで顔を真っ赤にする。だが彼とは対照的にバーレンは冷静だった。

「王子、物事はそう単純ではありません。なにせ相手は公爵。証拠もなしに断罪することはできませんから」

「ならどうすれば……」

「私に策があります。すべてお任せを」

バーレンはピンチをチャンスに変え、王子の懐に入り込む。彼の口もとに浮かんだ下卑た笑みは、娘の不幸を糧にして、自分だけ幸せになろうとする悪魔のそれだった。

●

クラリスの日常は順風満帆だった。統合したフーリエ領の運営も順調で、スラムも聖堂教会の活躍で救われた。

治安のよくなった領地では怪我人が減り、そのおかげで診療所での治療時間も減った。おかげでクラリスはアルトと一緒にいられる時間を増やすことができた。

談話室で書物に目を通すアルトの横顔を一瞥《いちべつ》する。芸術品のように整っている顔立ちは、見ているだけで目の保養になる。

「私の方を見ていたようだが、どうかしたのか？」

「い、いえ、ただアルト様は美しいなと」

「なにを言う。クラリスの美貌と比べれば、私は路傍の石ころ同然だ」

呪いが解けても、アルトは自分の容姿に自信がなかった。どれだけ褒めても、思い上がることはない。

「それに異性に好かれたいわけでもない。私はクラリスさえいれば十分だからな」

「アルト様……」

「だからいつまでもそばにいてくれ」

「は、はいっ」

言葉の節々から愛情を感じ、心の底から愛されていると実感することができた。

「そういえば、最近ギンの姿を見ないな」

「屋敷の外で遊んでいるそうですよ」

「爪は切ってあるから危険はないと思うが、人を襲わないか心配だな」

「ギン様は賢いですから。むやみに人を傷つけたりはしませんよ。それに皆さん、ギン様のことが大好きですから」

ギンが飼われ始めた当初は使用人たちから恐れられていた。しかし時は恐怖を鈍化させる。ギンが安全だとわかると、皆からかわいがられるようになった。

その愛嬌ある姿は街に住む人たちの間でも評判になった。領民たちからかわいがられ、お腹を膨らませて帰ってくることも多い。

「ギン様になにかご用でもありましたか？」

「そろそろギンと打ち解けたくてな。王都から最高級のネコ缶を取り寄せたのだ」

「それはきっとギン様も喜びますね」

「ただ餌を与えようとすると、いつも姿を消すのだ」

「なら『アルト様からの贈り物』だと言葉を添えて、ギン様に渡しておきますよ」

「それは助かる。ではネコ缶を持ってくるから、ここで待っていてくれ」

アルトが談話室を退出し、扉が閉められる。その音に反応して、ギンが部屋の隅に置かれていた植木鉢の陰から姿を現す。

「ギン様、そこにいたのですか？」

「我が輩はあやつが苦手だからにゃ」

「でもアルト様は優しい人ですよ。ネコ缶も買ってきてくれたそうですし」

「食事には感謝しているのにゃ。ただどうしても好きになれないのにゃ」

ギンの態度はかたくなであった。爪を切られたくらいで、ここまで嫌うものなのかと疑問が浮かぶ。

「もしかしてアルト様となにかありましたか？」

「あやつとはなにもないにゃ。ただ我が輩の故郷を襲ったのは似た男だったにゃ」

「ギン様の故郷は魔物の森の奥地ですよね……そんな場所に人がいるなんて……」

凶暴な魔物の巣窟だ。アルト領の村人なら近づきさえしない危険地帯に、わざわざ足を運ぶ者がいることを信じられなかった。

「剣だけでなく、魔法まで扱える男だったにゃ。黒髪黒目で、顔の造形もあやつにそっくりにゃ」

「まさか……でも魔物の森にいるはずがありませんし……」

クラリスの頭に浮かんだのはハラルドの顔だ。彼ならば凶暴な魔物相手でも怯むことはない。だが王宮で暮らしているはずの彼が、アルト領にいる理由がない。それに彼がやったという証拠もないのだ。失礼だったと、心の中でハラルドに謝罪する。

「いつか大きくなったら縄張りを奪い返してやるにゃ」

「そのためにもご飯をいっぱい食べなきゃですね」

「それに必殺技も修行中にゃ。完成するのが楽しみにゃ」

「必殺技ですか……」

ギンの飼い主として、危ないことをしているのではと不安になる。

「その必殺技を私に見せてくれませんか？」

「お主に使うのは気が引けるにゃ」

「私には回復魔法がありますから。怪我をしてもすぐに治せますので気にしないでください」

「それなら……試してやるにゃ！」

ギンはうしろ足に力をギュッと込めて、クラリスに飛びかかる。勢いはあるが、ギンの体は小さい。抱っこを求めて胸の中に飛び込んできたようにしか思えなかった。

「どうかにゃ？　恐ろしいかにゃ？」

「ギン様のかわいさに震えてしまいそうです」

「かわいくても意味がないにゃ……必殺技の完成にはまだまだ遠いようにゃ」

残念だと、ギンは耳を垂らす。慰めるように、クラリスはギンの頭をゆっくりとなでる。絹のようななめらかな毛並みはいつまでも触っていたくなるような感触だった。

「あやつが戻ってきたにゃ」

ギンはクラリスから離れ、再び、植木鉢の陰へと姿を隠す。それと同時に、アルトがネコ缶をかかえたまま、談話室の扉を開けた。

「ネコ缶を持ってきたぞ」

「わぁー、たくさんありますね」

「育ち盛りだからな。足りないとかわいそうだからと、多めに用意したのだ」

アルトは机の上にネコ缶を並べる。山のように積みあがった缶詰を、植木鉢の陰からギンがジッと見つめていた。

「これだけあれば、ギン様もきっとアルト様のことが好きになるはずです」

「そ、そうか。それならうれしいな」

「間違いありません」

ギンの苦手意識は宿敵と容貌が似ているからに過ぎない。直接的な禍根がないなら、きっといつかは仲よくなれるはずだと、クラリスは信じていた。

「失礼します。公爵様、聖女様。入室してもよろしいでしょうか？」

「どうぞ」

扉をノックして現れたのは、使用人のグランだ。なぜか気まずそうに目を泳がせている。

「どうかしたか？」

「お客様がまいられました……ですが、その……」

「思いがけない客のようだな。いったい誰だ？」

「リーシャ様です……」

「なんだとっ！」

アルトは驚きのあまり、思わず大きな声を出した。だが彼より強い反応をクラリスが示す。

ガクガクと手が震え、顔は青ざめていた。

「リーシャに会うのが怖いのか？」

「あ、あの、それは……」

「なら会うのをやめて、帰ってもらおう」

婚約破棄は根も葉もない悪名が主たる原因だが、妹のリーシャの存在も一因であることは間違いない。その時のトラウマを克服できぬままに再会するのは危険だと判断したのだ。

しかし彼女は精神的に成長していた。ゆっくりと深呼吸して、手の震えを止める。

「会いましょう」

「いいのか？」

「はい。婚約を破棄された時はショックでしたが、ずいぶんと前の話ですから。それにリーシャは大切な妹です。アルト様に紹介させてください」

「ならそうしよう」

グランに客人を通すように伝えると、リーシャが顔を出す。黄金を溶かしたような金髪と、海のように澄んだ青い瞳。顔の造りはクラリスそっくりだが、気の強さが反映されていた。

「お姉様、お久しぶりですわ」

「あ、あの……今日はなんの用で？」

「お姉様に謝りたくて。ひどいことをしたと後悔していましたの」

朗らかに笑うリーシャの態度から謝罪の意思は感じられない。それでもクラリスは妹が謝りたいと口にしてくれたことがうれしかった。

意識しないままに、目尻から涙がこぼれる。談話室に嗚咽が響いた。

「お姉様⁉」

「ち、違うのです。これはうれし涙で……わ、私、リーシャのことが好きですから。仲なおりできたことに感動してしまって……」

幼少時代、家族から無視されながら育ったクラリスにとって、リーシャは唯一の話し相手だった。心の底では和解を望んでいたのだ。

さすがのリーシャも空気を読んでか、クラリスが泣き終わるのを待つ。談話室が静まると、アルトが声をかけた。

「クラリスの夫のアルトだ」

「知っていますわよ。お金持ちとお聞きしましたわ？」

「は？」

「私、裕福な男性が好きでぇ、顔もいいし、背も高い。うん、合格ですわ」

「は、はぁ」

初対面にもかかわらず、リーシャの失礼な態度にアルトはあきれてしまう。だが相手はクラリスの妹だ。友好的な笑みを崩さない。

「合格とはクラリスの夫としてということかな？」

「半分正解です」

「半分？」

「答え合わせをする前にお知らせがありますの。えいっ」

リーシャはアルトの胸に飛び込むと、ギュッと抱きしめた。

不意の行動に驚くも、アルトは咄嗟にリーシャを払いのける。絨毯の上に倒れ込んだ彼女は、非難がましい目を向ける。

「アルト様ったら、ひどいですわ」

「君が抱きついてくるからだ」

「それのなにがいけないんですの？　私は婚約者なんですのよ」

「はぁ？」

「王子様から聞かされていませんか？」

「兄上からはなにも」

「ではこれを。王子様からの手紙ですわ」

渡されたのは一枚の封筒だ。封蝋をはずし、封入されていた手紙を確認する。

ハラルドの筆跡で埋められた文面にはあまりにも非常識な内容が記されていた。アルトは手紙を破り捨てる。

「兄上は悪魔のような男だっ！」

「なにかあったのですか？」

「クラリスとの婚約が継続中だと伝えてきたのだ。兄上は、君に婚約破棄を突きつけた事実をなかったことにするつもりだ」

「そ、そんなことできるはずがありません」

「いいや、可能だ。正式に婚約を破棄するためには相手の親族に了承を得る必要がある。つまりバーレン男爵が婚約の破棄を認めていないと主張すれば、婚約関係は続いていることになる」

「で、ですが、私が婚約破棄されたことは王宮の誰もが知る事実です」

「それでも、事実と契約は違う。正当性を盾にして、クラリスを私から奪うつもりなのだ」

今さらながらにちゃぶ台をひっくり返してきたハラルドに怒りが湧く。クラリスが婚約破棄でどれほど傷ついたかを知っているからこそ、それを理由にした姑息《こそく》な手に感情が昂《たかぶ》る。

「どうにかして私たちが婚約していたと証明しなければな」

「私はアルト様と暮らしていました。それを理由にしてはいかがですか？」

「悪くないな。それに兄上はクラリスを私のもとへと送ってきた。妻となるべき人物なら辺境に送るはずがない」

「駄目ですわ。その程度の理屈なら王子様は対策済みですから」

リーシャの甘ったるい声が否定する。どういうことかと問いつめると、予想外の言葉が返ってくる。

「アルト様の婚約者は私ですのよ。つまりぃ、王子様はお姉様ではなく、私をアルト様に嫁がせるつもりだったと主張しますわ。でも双子ですから。手違いで、お姉様が送られたというのが、王子様の筋書きですわ」

「そんな子供の戯言《たわごと》が通じるとでも⁉」

「怒らないでくださいまし。私は事実を伝えているだけですわぁ」

「うぐっ……」

「それにアルト様に選択肢はありませんわ。王子の婚約者を横取りしたとなれば、王家のメンツは丸つぶれ。内戦に発展する可能性もありますから」

王家は伝統と誇りを重んじる。だからこそ正当な理由なしに婚約者を奪われたとなれば、秩序のために王国兵を送り込んでくることも考えられる。

内戦は大勢の命を奪う。なんとしても回避しなければならない。だがアルトのクラリスに対する愛は本物だ。彼の中で答えは出ていた。

「私は領主失格だ。領民のために君を兄上に返すのが正解だとわかっていながら、離れるつもりがないのだからな」

「アルト様……っ……私もあなたと一緒にいたいです……」

ふたりは絆を確かめ合うように手をつなぐ。絡め合った指先から、勇気が流れ込んできた。

「お姉様。アルト様はもう私のものですわ。手を放してちょうだいな」

「リーシャの頼みでも、アルト様だけは渡せません」

「でも戦争になりますわよぉ」

「そ、それは、愛の力で回避してみせます！」

クラリスの瞳には強い意志が込められていた。リーシャは説得の難しさを感じ取り、小さくため息をこぼした。

「アルト様もお姉様も愛し合っていますのね」

「私はクラリスを愛している」

「私もアルト様のことが大好きです」

「どうやらふたりの愛が崩れることはなさそうですわね」

リーシャも愛のない結婚をしたいと願ってはいない。横恋慕をするのなら、アルトの好意を自分へと向けさせなければ意味がないのだ。

「提案ですが、ふたりでお父様に直談判するのはどうかしら」

「婚約破棄は父親が認めることで承認される。ハラルドとの婚約破棄を過去に認めていたとバーレン男爵に証言させれば！」

「平和的に問題を解決できますわ」

リーシャの提案はこれしかないと思える妙手だ。アルトはクラリスの肩を掴んで、視線を交差させる。

「クラリス、共にバーレン男爵を説得しに行こう！」

「はい、アルト様！」

ふたりはバーレンのもとを訪れることを決意する。だが彼らは失念していた。その提案がクラリスから王子を奪った悪女によってなされたということを。


王国の辺境にあるバーレン男爵領を馬車が走る。畑や森すらない灰色の荒野を通り過ぎていく。

「ここがバーレン男爵領か。以前のアルト領よりもひどいありさまだな」

「男爵領ですからね。仕方ありません」

爵位は王族を筆頭に公爵、侯爵、伯爵、子爵、男爵と続く。

公爵は王家の血筋を引く分家筋の者たちだ。魔法の中でも最強と評される自然魔法を扱える。与えられる領地も広大で、領主となる公爵は王国でも七人しかいない。

次に爵位が高いのは侯爵で、自然魔法ほど強力ではないが、戦争に投入されれば、単騎で大隊を相手にすることさえ可能である。続く伯爵、子爵も中隊規模なら難なく相手ができ、領地も普通に経営していれば贅沢できるほどに広い。

だが男爵家だけは貴族でありながら、ほかの爵位とは区別されていた。その最たる理由は魔法にある。

男爵家の扱う魔法には攻撃性がないのだ。

もちろん平民と比べれば、魔力で身体能力が強化されているため遅れを取ることはない。だが戦争で大きな戦果を残せるほどの力もないため、戦力として期待されることはない。

武力による領地支配もできないため、任される領土も狭く、税収も減る。負の連鎖が男爵家の不遇を生むのだ。

回復魔法しか扱えないクラリスの一族が、重宝される力を持ちながら、苦しい立場に置かれているのも、このような背景が原因だった。

「見えてきました。あれが我が家です」

「ここがクラリスの生まれ育った家か」

馬のいななきと共に馬車が止まる。降り立った屋敷はお世辞にも立派とは呼べない。平民たちの住む住居と比べれば広いが、貴族としては物足りなく思えた。

「狭くて驚きましたか？」

「まぁな」

「男爵家は使用人を雇うお金もないほどに貧乏ですからね。自分たちで手入れできる広さは、これが限界なんです」

男爵家と公爵家。同じ貴族でも資金力には大きな隔たりがあるのだと、アルトは肌で実感する。

瀟洒とは呼べない庭を通り過ぎ、屋敷の扉の前へと移動する。飾りつけのない無骨な扉を前にして、アルトはゴホンと息を吐く。

「いきなりの訪問だ。バーレン男爵も驚くだろうな」

「リーシャが先に帰っているので、事前に伝わっていると思いますが、それでも公爵であるアルト様の訪問ですからね。きっとお父様もビックリしているはずです」

「では行くぞ」

「はいっ」

クラリスたちは屋敷の扉を開け、土埃で汚れた赤絨毯の敷かれた玄関へと足を踏み入れる。誰かいないかと呼びかけるが、反応がない。

「外出中か？」

「もしくは二階の応接室かですね。あそこにいるなら声が届かないはずですから」

アルトを出迎えるための準備をしているなら応接室の可能性が高い。ふたりは階段を上り、廊下を進む。ギシギシと軋む音が鳴る中で、クラリスは不意に足を止めた。

「どうかしたのか？」

「実はここが私の自室だったのです」

「中を見てもいいか？」

「どうぞ。遠慮しないでください」

クラリスに勧められ、恐る恐る部屋の扉を開ける。開いた先に待っていたのは、壺や絵画などの使われていない骨董品が置かれた物置だった。

とても貴族の令嬢が暮らす部屋ではない。恥ずかしそうに彼女は頬をかく。

「この物置が私の育った部屋でした。部屋の隅のここ。ちょうど丸まれるスペースがあって、寝床にしていたのですよ」

クラリスが指さしたのは人が眠れるような場所ではない。冬には寒さを耐え忍んでいた光景を想像してしまい、気づくとアルトは彼女を抱きしめていた。

「アルト様！」

「私が必ず幸せにしてやる！　必ずだ！」

「私は今でも十分に幸せですよ」

アルトは窮地を乗り越えるため、手段を選ばない覚悟を決める。手を汚しても、クラリスを幸せにしてやりたいと再認識したからだ。一方、クラリスも、抱きしめられた力の強さで、彼に愛されているのだと改めて実感する。

「さぁ、バーレン男爵のもとへと行こう」

「はいっ！」

ふたりは物置を出ると、応接室へと向かう。廊下の突きあたりにある部屋の扉を開くと、リーシャと共に、洋梨のようにお腹を膨らませた男、バーレンが待っていた。

「アルト公爵、ようこそいらっしゃいました。どうぞこちらに」

椅子に座るよう促される。しかし応接室には椅子が三つしかなく、ふたつはリーシャとバーレンで埋まっている。

「椅子が足りないようだが」

「クラリスには必要ありませんので」

「私を怒らせたいのか？」

あからさまなクラリスに対する冷遇に、アルトは腹を立てる。眉間に刻まれた皺は、バーレンに息をのませた。

「公爵相手に喧嘩を売るような真似はしません。椅子を用意しましょう」

バーレンは無理に笑顔を作ると、最初から結果が読めていたとでも言わんばかりに、部屋の奥から隠していた椅子を運んでくる。アルトはその行動の真意を探る。

「まさか私を試したのか？」

「失礼ながら。話には聞いていましたが、ずいぶんとクラリスにご執心のようだ」

愛情ではなく、情欲を満たすためだけにそばに置いているのだとしたら、椅子を用意しろと怒るはずもない。バーレンはアルトの愛情を確かめるために、ワザと椅子を用意しなかったのだ。

「アルト公爵の要求はリーシャから聞いています。クラリスと結婚したいのですよね？」

「ああ」

「ですが駄目ですね。クラリスは王子の婚約者ですから」

「婚約は破棄されたはずだ。それを今さら覆すのか？」

「覆しますとも。なにせ私の美学は花より実。男爵家の経済状況は楽ではありませんから。王子からの結納金だけが頼りなのですよ」

「なるほどな。やはりそういうことか」

バーレンの目的はクラリスを利用して金を引っ張ることだと理解する。そう考えれば、すべての行動に説明がつくからだ。

愛情を試すような行動はどれだけの金額を搾り取れるかの探りであり、言葉の節々に交ざる王子との比較は、競争を煽ることで、より高額な結納金を要求する狙いがあるからだ。

思惑が読めたのなら、あとは簡単だ。その流れに乗ってやればいい。

「クラリスが婚約破棄されたと証言してくれないか？」

「さて、ずいぶんと前のことで記憶が曖昧ですから」

「なら思い出させてやる」

アルトは机の上に前のめりになる。鋭い視線に恐怖を感じたのか、バーレンは喉から乾いた声を漏らす。

「この手だけは使いたくなかったが、仕方あるまい」

「ぼ、暴力反対！」

「なにを勘違いしている」

アルトは懐からズッシリと金貨が詰まった革袋を取り出すと、それをバーレンに手渡す。

「できれば金で解決するような汚い手は避けたかったが……大金貨が百枚ある。これだけあれば、婚約破棄の事実も思い出すだろう？」

「え、ええ。思い出しました。婚約は破棄されていましたね」

バーレンは下卑た笑みを浮かべながら、婚約破棄の事実を認める。だがアルトは抜け目のない男だ。口約束だけでは信用しない。

「覚書を用意した。ここにも一筆いただこうか」

「さすがはアルト公爵。準備も万端だ」

バーレンは言われるがままに筆を執る。内容を確認し、彼の直筆のサインが記される。クラリスを失う危機を回避できたことに、いつもは冷静なアルトも笑みを抑えることができなかった。

「これで娘の婚約は破棄されました。誰と結婚するのも自由です」

「もちろん私と結婚する」

「それは素晴らしい。アルト公爵となら、娘も幸せになれることでしょう。しかしその前にひとつだけお願いがあります」

「お願い？」

「父と娘、ふたりだけで話す時間が欲しいのです」

バーレンも人の親だ。娘が嫁ぐ前に言葉を交わしたいとする気持ちは理解できなくもない。アルトはその要求を了承する。

「では話している間、客室でお待ちください。リーシャがご案内します」

「公爵様、こちらですわ」

「わかった」

アルトはリーシャの後を追う。その背中を見つめながら、バーレンは笑った。その笑みが大金を得られたことに対してか、それとも別の思惑があるのか。その心中を知る者は彼本人だけだった。


リーシャに連れられて、アルトは客室へと案内される。猫足の長椅子や化粧台、レースのカーテンが目につく。置かれている家具のグレードは男爵家とは思えないほどに高く、違和感を覚えさせた。

「ずいぶんと豪華な客室だな」

「私の自室として使っていた部屋ですわ。狭くなったので、今は別の部屋に移りましたが……」

「空き部屋があったということか？」

「家族だけで暮らしておりますから。空き部屋の方が多いくらいですわ」

「クラリスは物置で育ったと聞いたが？」

「あれはお姉様の趣味ですわ。でなければ、物置で寝る貴族の令嬢などおりません」

アルトは怒りを通り越して、黙り込んでしまう。クラリスが自分で不遇な立場を望んだとする言葉は卑怯者のそれだ。加害者が自分を正当化するために、いじめの理由まで被害者に押しつけたのだ。

「クラリスは……」

「お姉様がなにか？」

「いや、なんでもない……」

怒りを我慢するために、ふぅと息を吐き出す。婚約破棄が正式に成立したのだ。クラリスは自由の身だ。家族に縛られる鎖はない。

ならば過去の不遇の分だけ、幸せにしてやればいい。アルトは前向きな態度で未来を見すえる。

「そうだわっ、お姉様のことを知りたいのなら、あれを用意しないと」

「あれ？」

「見てからのお楽しみですわ」

リーシャが部屋の外へとなにかを取りに行く。数分後、戻ってきた彼女の手にはカップが握られていた。

「この紅茶はお姉様が育てた茶葉から淹れたのですよ。興味ありますわよね？」

「クラリスに茶葉を育てる趣味があったとはな。知らなかったよ」

クラリスの知らない一面を知ったアルトは、紅茶に興味を惹かれる。だがリーシャが淹れたという事実が気になっていた。

「飲みますわよね？」

「ずいぶんと勧めてくるな。まさか毒でも入っていないだろうな？」

「まさか。私がアルト様を傷つけることになんの意味があると？」

「それはそうだが……」

リーシャが婚約者の立場を奪い取るために、クラリスを排除するなら理解できる。しかしアルトを毒で傷つけても、得るものはなにもなく、社会的な信用を失うだけだ。

「私を信じられないのなら、紅茶は捨ててしまいますわ……ですが、きっとお姉様は悲しみますわね。これから親族になろうというのに、夫と妹が信頼関係を築けていないのですから」

「わかった、リーシャ。君を信じよう」

「無理をせずともよろしいのですよ？」

「いいや、飲ませてくれ。クラリスの育てた茶葉を無駄にしたくない」

アルトはリーシャから渡されたカップを受け取ると、紅茶をジッと見つめる。香りが鼻腔をくすぐり、彼の口もとには笑みが浮かんだ。

クラリスが手料理を振る舞うたびに、手帳に想い出を記すほどの愛妻家だ。彼女の育てた茶葉に興味を示さないはずがなかった。

ゆっくりとカップに口をつける。甘みが舌の上で広がり、喉を鳴らした。

「お味はどうですか？」

「最高だ。さすがはクラリスの育てた茶葉だな」

「アルト様はお姉様を愛しているのですね……」

「私の右に出る者はいないと胸を張れるほどにな」

「お姉様がこれほどに愛されるなんて驚きですわ。知っていますか？　子供の頃のお姉様は私に懐いていたのですよ。話しかけると駆け寄ってくる姿は、それはもう……うふふ……まるで犬みたい」

リーシャの悪意ある言葉を耳にして、アルトの肌が粟立つ。彼女は内心でクラリスを見下していた。それがありありと伝わってくるのだ。

「アルト様は私のことをどう思いますか？」

「クラリスの妹だな」

「はぐらかさないでくださいまし。個人的にどう思っているかという話ですわ」

　媚びるように、潤んだ瞳でジッと見つめてくる。男を手のひらで転がすことに慣れた表情も、誘惑するような甘い吐息も、アルトにとっては嫌悪の対象でしかなかった。

「私に惚れたりしませんか？」

「するはずがない。私はクラリスひと筋だからな」

「私に魅力がないと？」

「魅力の問題ではない。君の瞳は人を映していないのだ」

「ちゃんとアルト様の美しい顔を映していますわ」

「そこだよ。君が好きなのは私の顔や金や地位で、私自身には興味がないだろ。だがクラリスは違う。私というひとりの人間を愛してくれている。だから私も彼女を愛するようになったのだ」

　地位も名誉も金も、アルトよりハラルドの方が優れていた。しかしクラリスは彼を選んでくれた。内面を好きになってくれたのだと、自信を持つことができた。

「何度でも言う。私はクラリス以外の女性には興味がない。リーシャ、君に対してもだ。その気持ちが変わることはない」

「それは残念ですが、まぁいいでしょう。どうせすぐに心変わりしますから」

「いいや、私は――」

否定の言葉を口にしようとした瞬間、目眩《めまい》が起きる。ユラユラと揺れる視界で、リーシャは愉悦の笑みを浮かべていた。

「ようやく効いてきましたわね」

「どういう……ことだ?」

「先ほど淹れた紅茶ですが、茶葉をお姉様が育てた話は嘘なのです」

「なら私になにを飲ませた?」

「媚薬ですわ。効き目が強すぎて、帝国では販売が禁止されているほどです」

汗が止まらなくなり、体が熱くて動かない。意識を保つのが精いっぱいだった。

「我慢しなくてもよろしいのですよ。王子様でさえ、この薬の力に抗《あらが》えなかったのですから」

「兄上が……まさかクラリスが婚約破棄されたキッカケは……」

「私の計画ですわ。この薬でお姉様から王子様を奪い取りましたの」

「き、君は悪魔だ」

「ですが、その悪魔に、あなたは骨抜きにされるのですわ」

リーシャは濡れた瞳でアルトを見すえる。だが彼は必死に薬の力に抗い、鋭い視線を彼女に向ける。その視線に含まれた感情は敵意だった。

「この薬を飲んで、まだ正気でいられるなんて、本当にお姉様のことを愛しているのですね」

「あたり前だ！」

「ですが事実は嘘で塗りつぶせますのよ。こうやってね」

リーシャは抵抗できないアルトに抱きつく。胸もとをはだけさせた彼女と、顔を火照《ほて》らせる彼が寄り添う光景は立派な浮気現場だ。

「これでアルト様は言い逃れできませんよ。あとはお姉様に目撃させるだけ。これでふたりの絆は崩れ去ります」

「や、やめろ」

「駄目ですわっ。それより意識を保つのも大変でしょう。さぁ、眠りましょう。私があなたのそばにいてあげますから」

リーシャは甘い言葉を耳もとでささやく。淫靡《いんび》な瞳を輝かせる彼女は、悪魔のように笑うのだった。


父と娘。久しぶりの親子水入らずの対面に、クラリスは緊張する。喉が渇き、手も小刻みに震えていた。

「あ、あの、お父様……」

「なんだ？」

「まずはお礼をさせてください。結婚を認めてくれて、ありがとうございました」

「娘の幸せを考えない親はいない。そうだろ？」

「私は勘違いしていました……ずっとお父様に嫌われているとばかり……」

物置で育てられ、家族から無視されてきた彼女は、家族の温かみを知らない。食卓を囲む団らんも、いつも部屋の隅から眺めるだけだった。

父と母とリーシャ。三人の笑い声を聞きながら、固くなったパンと水で腹を満たす毎日。妹の誕生日はパーティで盛大に祝われるにもかかわらず、クラリスは誕生日を意識さえされていなかった。

疎外感を感じながら生きてきたクラリスは家族愛に飢えていた。本心では両親から娘として認めてもらいたいと望んでいたのだ。

「私がクラリスを嫌うはずがなかろう。ゆえにお前の幸せを願い、ハラルド王子と結婚させるのだからな」

「え？」

バーレンの口にした言葉をのみ込めずに、頭が真っ白になる。脳が理解を拒み、聞き間違いであったとすがるように父親を見上げた。

「あ、あの、今なんとおっしゃいましたか？」

「ハラルド王子と結婚させると言ったのだ」

「で、ですが、婚約は正式に破棄されたはずです！」

「破棄されたとも。クラリスは自由の身だ。誰と結婚するのも自由だ」

「それなら――」

「ただしクラリス、お前が自分の意思でハラルド王子を選ぶなら話は別だ」

クラリスは誰よりもアルトを愛している。結婚相手を自由に選べるのなら、夫とするべき人物について迷いはない。

だがバーレンもクラリスの意志が固いことくらい理解している。それでもニタニタと笑みを絶やさないのは、彼女がハラルドを選ぶと確信があるからだ。

「クラリスよ、お前は騙されているのだ。なにせアルト公爵は最低の浮気男だからな」

「訂正してください！　アルト様は優しい人です！」

「ククク、だがクラリスよ。アルト公爵はお前を裏切っているぞ」

「そんなことありません！」

「なら私についてこい。証明してやろう」

誘いに乗せられているとわかっていながらも、その場にとどまることはできない。根拠を見た上で否定してこそ、彼の名誉回復につながるからだ。

応接室を後にして、客室へ向かう。そこはリーシャの自室だった部屋だ。

「懐かしいか？」

「リーシャとの思い出の場所ですから」

「だが綺麗な思い出も今日までだ。最低の記憶で上塗りすることになる」

バーレンが扉を開けると、猫足の長椅子の上で、胸もとをはだけさせたリーシャと、激しい呼吸を繰り返すアルトが抱きしめ合っていた。

アルトの額には玉の汗が浮かび、耳まで赤くなっている。彼は弁解しようと必死に口を動かしているが、その声は小さくて聞こえない。

「あ、あの、これはどのような状況なのでしょうか？」

「お姉様は鈍感ね。男と女が抱き合っている状況に疑問の余地があるかしら」

最悪の想像が頭をよぎり、クラリスの目尻から涙がこぼれる。嘘だと信じたくて、すがるように声を絞り出す。

「あ、あの……っ……わ、私は……アルト様の婚約者で……」

「お姉様は捨てられたの。新しい婚約者は私。理解できたかしら」

「で、ですが、アルト様は私を愛していると」

「心変わりしたのよ。でも仕方ありませんわ。なにせ相手が私ですもの。女の魅力で私に勝てるはずがないでしょう」

「……っ……ぅぇ……」

クラリスは嗚咽を漏らすばかりで、言葉を口にすることができない。絶望が心を黒く染めあげるが、そこにアルトとの思い出が光となって差し込んだ。

（アルト様が私を裏切るはずありません。そうですとも。きっとこれには事情があるはずです）

つらかった時も楽しかった時も、いつでもアルトはそばにいてくれた。心の底から愛されているると実感できた。

積み重ねてきた信頼が、目の前で広がる現実を打ち破る。クラリスは涙を拭うと、瞳に意志を宿す。

「わ、私は……負けません。アルト様は私の婚約者です！」

「お姉様、勝敗はついたの。もう決まったの。だからあきらめてくださいまし！」

「あきらめませんし、何度だって言います。私はアルト様を愛しています。それにアルト様も。ねぇ、そうですよね？」

アルトは朦朧《もうろう》とする意識の中でも、クラリスの言葉をハッキリと耳にする。言葉こそ発しないが、目尻に小さく皺を寄せる。それだけの動作でも、十分に彼の意志が伝わった。

「アルト様は私が連れて帰ります」

「駄目よ。アルト様は私のものですもの。お姉様にはもっとふさわしい相手がいるでしょう」

「そんな人はいません」

「いいえ、いますわ。ねぇ、お父様」

「ククク、そろそろ到着する時刻だな」

バーレンが腕時計を確認する。それと同時に階段を駆け上がる音が聞こえてきた。子供のように慌てる足音に聞き覚えがあった。

「ガハハハッ、クラリスはここにいるのか⁉」

「ハラルド様ッ」

客室に飛び込んできたハラルドは抱き合うリーシャとアルトを一瞥した後、涙で目を赤くしたクラリスに視線を向ける。

その光景でなにかを察したのか、眉をひそめて、怒りをあらわにする。

「弟がクズだという噂は本当なのだな」

「ち、違うのです、ハラルド様。これは――」

「問答無用。クラリスよ、俺についてこい。必ず幸せにしてやる！」

ハラルドはクラリスの腕を掴むと、強引に連れ帰ろうとする。

「ハラルド様、放してください」

「俺はクラリスのために心を鬼にする。恨みたければ恨め。だが夫婦となり、時が経てば、俺に感謝する日もやって来る」

ハラルドは頭の中に都合のいい妄想を描くと、暴走を始める。彼の腕力で腕を引かれれば、クラリスは抵抗できない。アルトと引き離されていくのだった。

半ば誘拐されるような形で、クラリスはハラルドに早馬へと乗せられる。半日以上、馬が走り続け、到着したのは森の中にある山荘だった。

コテージに似た外観の山荘は王族の持ち物にしては地味だ。建てられて日が浅いのか、山荘の中へ足を踏み入れると、木材の匂いが鼻腔をくすぐった。

「ここはどこなのですか？」

「アルト領にある魔物の森の奥地、そこに建てた俺の別荘だ」

「なぜこんな危険な場所に？」

「魔物相手に剣の腕を磨くためだ。だが野宿はしたくないだろ。修行の拠点として使っていたのだ」

ハラルドは腰から剣を抜いて、舞ってみせる。かつて披露された時より流麗さに磨きがかかっていた。

「この別荘は俺の個人的な金で建てたからな。うるさい大臣どもに見つかる心配もない。肩の荷を下ろせるマイホームだ」

ハラルドは国庫から資金を提供されているが、そのすべてを秘密裏に使えるわけではない。大規模な施設の建設や、国家事業をやる場合は、予算を組まなければならない。つまりは国王と大臣の承認が必要なのだ。

しかし少額の買い物なら話は別だ。住み手のいない魔物の森に山荘を建てるくらいの金なら、ハラルドの裁量で処理できる。

「覚えておけ。大臣たちは敵だ。俺とクラリスの婚約に反対しているのだ」

「あ、あの、私はアルト様と結婚を――」

「しかぁし！　愛があればどんな困難も乗り越えられる！　クラリス、これからはずっと一緒だ。この別荘で生涯を共にしよう」

ハラルドは聞く耳を持たない。思い込んだら一直線の性格は昔から変わっていなかった。

「あの、私はアルト様のお屋敷へと帰りたいのですが」

「クラリスの不安はわかるぞ」

「私の想いが伝わったのですねっ」

「うむ。たしかに貴族の屋敷に帰りたい気持ちはわかる。なにせこの別荘は狭くて、繁華街まででも距離があるからな。だが心配するな。食料は俺が魔物を狩ってきてやるし、服もクラリスのために用意してある。こっちの部屋へとついてこい」

話が斜め上に広がる展開に戸惑いながらも、ハラルドに腕を引かれ、廊下の突きあたりの一室へと案内される。

扉を開けて、広がった視界に驚かされる。部屋の内装や置かれている調度品のデザインがリーシャの自室と瓜二つで、既視感を覚えたからだ。

「この部屋は……」

「リーシャからクラリスの好みを聞いてな。特別に用意したのだ。さらに部屋だけではないぞ。

この衣装棚を見てくれ。俺の妃となる女にふさわしいドレスを集めたのだ」

絹で編まれたドレスに、シルバータイガーの毛皮を素材としたコートが並び、どれも高級品だとわかる。

だがクラリスの表情は晴れない。悲しげにまぶたを伏せていると、ハラルドは心配そうに焦りを態度に示す。

「もしかして腹が空いたのか。なら高級菓子を用意してあるぞ」

「いいえ、お腹はいっぱいです」

「なら寂しいのか？　それも問題ない。なにせ俺がいるからな。どうだ、俺は優しいだろ。こんな優しい夫は、王国中を探してもほかにいないぞ。この幸せ者めっ」

ハラルドは無邪気に笑う。彼はよくも悪くも純粋で、心が子供のまま成熟していないのだ。欲望を我慢しないし、怒りを抑えようともしない。玩具を与えられないからと駄々をこねる幼子と同じなのだ。

クラリスとの婚約を破棄した時もそうだ。ハラルドは噂話をうのみにして、彼女が悪女だと信じた。理性のある大人なら情報の精査をするが、彼は純粋さゆえに、裏切られたと思い込み、怒りを彼女へとぶつけたのだ。

幼い心は周囲からの影響を受けやすく、汚れるのも早い。クラリスと交際していた時は、彼女の優しさに触れることで、ハラルドも仁義に厚い人格者として振る舞っていた。

しかしリーシャと婚約してからは違う。彼女の悪い部分を吸収し、かつての善良さを失ってしまった。子供は親の背中を見て育つように、邪悪な者たちが彼を悪党へと成長させたのだ。

「ハラルド様、あなたはかわいそうな人です」

「俺は王子だぞ。王国一の幸せ者だ」

「ハラルド様も本当は自覚しているはずです。なにせ私とあなたは似ていますから……」

ハラルドが子供のまま成長できないのは、王子という立場があるからだ。

子供の頃から臣下たちから丁重に扱われ、欲しいものは望めばなんでも手に入る。

だがそれは本当に幸せなのだろうか。多忙な両親と接することなく、大人たちに頭を下げられる毎日を過ごす。これはある意味で孤独ではないか。

家族から嫌悪されてきたクラリスもまた孤独だった。人に愛されたことがなかったからこそ、欠けたピースを埋め合うように、ハラルドに惹かれたのだ。

だが婚約破棄により道はたがえた。ハラルドにもしっかりと伝わるように、彼の目を真っすぐに見すえる。

「ハラルド様、私はアルト様の婚約者です。だからあなたと結婚することはできません」

「クラリス、なにを言っている！　俺たちは生涯を誓い合った仲ではないか」

「誓いはすでに破られました。私は――アルト様を愛しているのです！」

クラリスの宣言に、ハラルドは拳をギュッと握りしめる。噛みしめた下唇からは血があふれていた。

「どうして、あんな男に……かつてはあれほど醜い男だったのだぞ。また呪いが再発したらどうする？」

「それでもアルト様を愛します」

「なら名誉と金はどうだ!?　俺は将来国王になる男だ。だがあいつは公爵。しょせんは王家の家臣でしかない」

「ハラルド様……私は顔でも、お金でも、名誉でもなく、アルト様の内面を好きになったのです」

「俺があいつより劣っているというのかっ！」

ハラルドは侮辱に耐えきれずに大声で怒鳴りつけるが、クラリスが怯えることはない。アルトと共に過ごした時間が彼女を精神的に成長させたのだ。

彼もそれを理解し、怒りでは解決しないと悟る。すがるように潤んだ瞳を向けた。

「な、なぁ、生涯で最後の頼みだ。今度は間違えない。絶対にクラリスだけを愛する。だから一度だけチャンスをくれ。頼む。この通りだ」

プライドの高いハラルドが頭を下げる。はらりと舞う髪と、ジッと答えを待つ緊迫した空気が、彼の頼みが真剣なのだと伝えてくる。

しかしクラリスの答えは決まっている。ここでハラルドの頼みを受け入れることは、アルトを切り捨てることにつながる。一途に尽くしてくれた彼を裏切ることはできない。

「ハラルド様。何度頼まれても私はあなたと結婚できません」

「そ、そうか……そうだよな。やはり無理だよな……」

ハラルドは頭を上げる。浮かび上がってきた顔は先ほどまでの彼とは違っていた。覚悟を決めた暗い瞳がクラリスを見すえる。悪寒が彼女の背中に冷たい汗を流させた。

「やはりバーレン男爵から聞いた通り、アルトの奴に洗脳されているようだな」

「え？」

「だが時間がきっと解決してくれる。この別荘でアルトとの接触を断てば、以前のクラリスに戻ることができる」

「な、なにを言って……」

「クラリス、愛しているぞ。だから……しばらくはここにいてくれ」

部屋にクラリスひとりを残して、ハラルドはその場を後にする。ガチャリと鍵がかけられ、出入り口が塞がれた。

ほかの出口はないかと部屋を見渡すが、採光用の窓も背が届かないほど高い位置にある。

監禁された状態でクラリスは扉を叩く。だがハラルドが反応することはない。彼は、信じる理想の彼女を取り戻すため、妄想に囚われたのだった。

飲まされた媚薬の効果が消える頃には一時間以上経過していた。クラリスはすでに連れ去られているが、窓の外はまだ明るい。今からならまだ追いつけるかもしれないと、アルトは猫足の長椅子から起き上がる。

「まだ横になっていた方がよろしいですわ」

足止めしようとリーシャが声をかけるが、アルトはそんな彼女に冷たい目で応えた。

「今すぐにでもクラリスを追いかけたいが、その前に聞かせてくれ。どういうつもりだ？」

「私はただ、アルト様と結婚したくて……」

「それが答えか？」

「あ、あの……私は……っ……」

アルトの強い語気に威圧され、リーシャは恐怖で言葉を詰まらせる。

「言葉は慎重に選べ。私が怒りを我慢できるようにな」

「パパがやれって言いましたの！」

「お、おい、リーシャ」

アルトの底冷えのする瞳がバーレンを捉える。彼はゴクリと息をのむと、言葉を選ぶように視線を宙に泳がせる。

「ごまかすのはやめてくださいまし！」

「わ、私は王子の意思に従っただけです」

「兄上はどこに？」

アルトは立ち上がると、バーレンとの距離を詰める。高身長の彼が見下ろす構図はそのままふたりの権力差を表していた。

「居場所は知りません。ふたりしか知らない世界へ行くとだけ聞かされていましたから」

望んでいた答えが返ってこず、アルトは鷹のような目でバーレンを見据える。彼は瞳に恐怖を宿すが、後ずさることはない。ジッと視線を返した。

「私は悪くありません。命令されただけなのですから。そ、それにアルト公爵が、クラリスではなく、リーシャを選べば万事が丸く収まります。どうせ双子で顔が瓜二つなのですから。利口な選択をすればいい」

娘の内面を無視した口ぶりに、アルトはあきれを通り越して怒りを覚える。風船が膨らんでいくように、彼の怒りが膨張していく。

だがバーレンの口は止まらない。彼は地雷原で踊っていることに気づいていないのか、ヘラヘラと嘲笑を浮かべる。

「私はクラリスが好きなのだ。リーシャではない」

「わかりませんね。あんな卑屈な娘のどこがいいのか。ご存じですか？　クラリスは私の顔を見るだけで怯えるのですよ。気持ちの悪い娘です。よりによって我が家に生まれてくるなんて、とんだ貧乏くじを引かされましたよ」

親として最低の言葉を口にするバーレンに、アルトは父親である国王の影を見る。

彼は幼き頃から呪いによって醜いと馬鹿にされてきた。大臣も、親戚も、兄弟でさえも態度は同じだ。

それは父親である国王でさえ例外ではなかった。十歳の誕生日を迎えたアルトは公爵家へと養子に出され、王宮から追放されることになる。別れ際に国王の放った言葉は忘れることがない。

『この子は我が一族の者ではない』

実の父親から見捨てられる絶望感に、心が引き裂かれるような思いだった。それを知っていたからこそ、クラリスに同じ思いをさせたバーレンを許せなかった。

怒りで体が勝手に動き、意識しないままに拳を振り上げていた。放たれた拳はバーレンの鼻をつぶし、彼を壁際まで吹き飛ばした。

だが彼が気を失うことはなかった。鼻からあふれる血を拭いながら、回復魔法で自分の鼻を癒やすと、敵愾心《てきがいしん》を瞳に含ませる。

アルトもまた怒りを我慢できる状態ではない。鋭い視線をバーレンと交差させる。

「殴ったことは謝る。君がクラリスに頭を下げればな」

「誰があのような娘にっ！」

「なら私は謝罪しない。クラリスの苦しみを君も味わえ」

「ふざけるなっ。私が男爵だからと馬鹿にしやがってっ！」

痛みが理性を吹き飛ばしたのか、バーレンは口調が荒くなる。

全身から鋭い魔力を放ち、ブヨブヨの洋梨のような体形からは想像できない威圧感をまとわせる。

隙のない立ち姿にアルトは既視感を覚える。元負傷兵の彼らとバーレンを重ねたのだ。

「バーレン男爵、君はまさか戦場帰りか？」

「今さら知ってももう遅い。幼き頃の私は、便利な回復魔法の使い手として前線へと送られたのだ。上級貴族に奴隷のように扱われた過去は今でも鮮明に思い出せる」

バーレンの瞳は権力者への怨嗟で燃えているが、指先は恐怖で震えている。

彼はアルトを恐れていた。だがそれは魔法使いとしての実力差に恐怖したのではない。

体に植えつけられた上級貴族へのトラウマが恐怖を呼び起こしたのだ。

「私は誰よりも優秀な男だ。お前たち上級貴族どもの奴隷ではない。くぐり抜けてきた地獄が私を強くしたのだっ！」

「君の過去には同情する。だからこそ怒りが湧く。そのような経験がありながら、クラリスを戦場に売ったことをな」

苛烈さを極める帝国との戦争を愛娘に経験させたバーレンは、アルトにとって憎むべき敵だ。

許せないと拳を握る。

「バーレン男爵、私と決闘しろ」

「対人戦なら回復魔法の有用性は自然魔法さえ上回る。それでも私に勝てると？」

「勝つさ。そして二度とクラリスの前に顔を出すな。君の存在は彼女にとってマイナスでしかない」

「ならばひとつ条件がある。もし私が勝ったなら、公爵の地位をよこせ」

「いいだろう！」

「その勝負、受けたっ！」

バーレンは魔力を足に集中させて、一気に距離を詰める。拳にためた魔力でアルトの腹を殴りつけた。

一撃で終わらせる覚悟を込めた打撃だった。しかしアルトの膝が折れることはない。そもそも拳が肉体に触れる直前で、見えない壁に阻まれたのだ。

「な、なんだ、これは？」

「私の肉体にまとわせた風の鎧《よろい》だ。拳で突破することはできない」

「クソおおおっ」

バーレンは拳を連続で叩きつけるが、風の鎧によって遮られる。王国最強と称された自然魔法の脅威を絶望と共に理解する。

「次は私の番だな」

手のひらに水の弾丸を浮かべる。かつてはフーリエが使っていた魔法のひとつだ。高速に回転する水がバーレンに衝突する。

音速の水弾が直撃した衝撃で、バーレンは膝を折る。回復魔法で癒やすことさえ間に合わないほどの激痛に、彼の意識が遠のいていく。

「わ、私は……公爵より……王族より……優秀、なのだ……」

それだけ言い残し、バーレンは気を失う。回復魔法は利便性が高い、だからこそ使い手を慢心させる。上級貴族への対抗心に取り憑《つ》かれ、彼は暴走してしまったのだ。

「クラリスは私が幸せにする。君のようにはしない」

アルトはクラリスを取り戻すために屋敷を飛び出す。彼女を救うためなら手段を選ばないと、覚悟を決めるのだった。


さらわれたクラリスを捜しに、アルトは王宮へと出向いていた。ハラルドが逃げるならここだろうと、最初に頭に浮かんだからだ。

無理をして早馬を走らせたおかげで、二日後には到着することができた。日が昇ったばかりの王宮広場は静寂に包まれている。馬を止め、階段を上ると、見覚えのある衛兵が、アルトの前に立ちふさがる。

「アルト公爵様、申し訳ございませんが、ここを通すわけにはいきません」

「誰かの差し金か？」

「王子より命じられております」

「つまり兄上は中にいると？」

「つい先ほど戻られました」

　王宮の中にクラリスが捕らえられている疑いを強める。衛兵にジッと目を向けると、彼は申し訳なさそうに視線を逸らした。

「私はアルト公爵様が貧困で苦しむフーリエ領を救ったとの話を聞いて以来、あなたのファンです。そのため頼み事は可能な限り叶えたい。しかし……」

「王子に雇われているなら命令を無視できないか」

「申し訳ございません」

「君は悪くない。謝らないでくれ。それよりも教えてくれ。兄上は女性を連れていなかったか？」

「いえ、王子はひとりでした」

「そうか……」

　衛兵が嘘をついているように見えないため、本当にひとりで戻ってきたのだろう。やはり本人を問いつめるしかない。

「アルト公爵ではないかっ」

「君は……グスタフ公爵っ！」

筆頭公爵であるグスタフが王宮から顔を出す。丸太のように太い腕と、凛々しい髭面、そして鷹のような鋭い瞳の彼には、国王の面影があった。

「会うのは久しぶりだな。呪いは解けたと聞いていたが、ずいぶんと美しい顔になったな」

「ええ、まぁ……」

「そう、堅苦しくなるな。叔父であり、年齢も私の方が上だが、身分は同じ公爵なのだからな」

グスタフは昔から気さくに接してくる人物だった。彼の顔が醜かった時から変わらない態度に心が安らぐ。

「そういえば私の弟が世話になっているらしいな」

「弟？」

「クルツのことだ。母親違いの弟でな。立場上、表立っての助力ができないのだ。アルト公爵が負傷したあいつを受け入れてくれたことに感謝させてくれ」

貴族の家庭では、権力争いが絶えない。特に王国では一夫多妻が認められているため、婦人がふたりいる場合もある。その場合、争いは顕著になる。どちらの婦人も自分の子供を領主の座にすえようとするからだ。

グスタフはクルツとの争いに勝利し、領主の椅子を手に入れたのだろう。だが争った仲でも弟であることに変わらない。心の底では心配していたのだ。

「それで、アルト公爵はここでなにを？」

「兄上と会うために。いいや、妻を取り返すためにやって来たのだ」

「妻とは聖女様のことか。なるほど。王子がご執心だとは聞いていたが、まさか他人の婚姻相手にまで手を出すとはな。先が思いやられる」

グスタフは頭が痛くなると言わんばかりに、眉間を押さえる。次期国王の愚行はそのまま王国の危機につながる。大きな悩みの種になっていた。

「聖女様の居所についてだが、私の部下にも探らせよう。なにかわかるかもしれない」

「恩に着るぞ」

「気にするな。この貸しはいずれ返してもらう。そうだなぁ、アルト公爵が国王に就任した時でどうだろうか？」

「私はただの公爵だ。玉座に就く資格はない」

「わかっているとも。ただの冗談だ……本心の望みではあるがね」

それだけ言い残してグスタフは階段を下りていく。次期国王の座をハラルドから奪い取る。そんな危険な可能性が、アルトの頭の中に残る。

「馬鹿らしい。私が国王などと……」

クラリスがそばにいてさえくれれば多くは望まない。今さら、兄弟で醜い権力闘争に身を投じるつもりもなかった。

「アルト、お前、ここでなにをしている」

「兄上！」

王宮からハラルドが顔を出す。彼の態度は誘拐犯のそれではない。自分が正義だと信じ、アルトこそが悪だと確信する篤信家のそれだった。

「兄上、クラリスを返してくれ！」

「断る。大切な女を洗脳するような卑劣漢に渡せるものか」

「な、なにを言っているのだ……」

「ごまかさなくていい。お前がクラリスを洗脳し、自分に愛情を向けさせていることは聞いているからな」

荒唐無稽な言い分にあきれ果てる。頼んでも応じることはないと察し、アルトは威圧するように鋭い視線を向ける。

「クラリスはどこにいる？」

「俺たちだけが知る愛の巣だ」

「教える気はないのだな？」

「ない。なにせ直属の部下にさえ秘密にしているからな」

アルトはクラリスの居場所を聞き出すために、頭に決闘の二文字を浮かべる。しかしそれを口にすることはない。

決闘で敗れればクラリスを失うし、仮に勝てたとしても、ハラルドに瀕死の重傷を与えてしまうだろう。そうなると、彼女の居場所を聞き出せなくなるからだ。

「兄上がいくら隠そうとも関係ない。私は必ず捜し出してみせる」

ハラルドに決別を告げるように、強い言葉を投げる。向けられた背中は怒りで大きく膨らんでいた。


王宮を出発した翌日。ハラルドの説得をあきらめたアルトは領地へと帰還していた。クラリスの居場所を知るためには、仲間の協力が不可欠だと判断したからだ。

屋敷に帰り着くと、談話室にはアルトが頼りにしている四人の仲間が揃っていた。

まずはグランだ。白髭を蓄えた彼は使用人たちのリーダーであり、もとはハラルドの部下であったため、内部事情にも詳しい。有益な情報を期待できる。

次に、エリス。彼女は王国でも十指に入るエリス商会の代表であり、商人たちと強いつながりを持っている。情報に聡い商人は人捜しに欠かせない人材だ。

さらにクルツ。獅子のように茶髪を逆立てた彼は、元負傷兵たちの代表である。王国最強の自然魔法を扱えるハラルドが誘拐犯なのだ。高い戦闘能力を誇る彼らは頼りになる。

そしてゼノ。黒のキャソックに身を包んだ金髪赤眼の彼は、聖堂教会の神父である。信者たちの情報網はもちろん、神兵たちの戦闘力も見逃せない。なんでもこなせる万能な彼を巻き込まない理由はない。

「皆に集まってもらったのはほかでもない。クラリスのためだ。私の不手際で兄上にクラリスをさらわれてしまったのだ。もう三日経つ。どうか捜索を手伝ってほしい」

アルトが頭を下げると、どよめきが走る。彼がゆっくりと顔を上げると、仲間たちは怒りの炎を瞳に宿していた。

「使用人一同、聖女様には恩義を感じています。必ず捜し出してみせます」

「商人の結束の力を頼ってください」

「聖女の娘さんは根っからの善人だ。ひどい目にあわせる奴は俺が切るっ」

「聖女様……ああっ……悪人には必ず天罰を下してやります！」

クラリスの捜索に賛同の意志が示される。時間も惜しい。やるべきことは決まっているため、さっそく会議を始める。

「この中でクラリスの居場所に関する手がかりを持つ者はいないか？」

アルトが問いかけると、最初に手をあげたのは使用人の代表であるグランだ。

「実は、私の同僚が三日前に聖女様をお見かけしたとのことです。なんでもアルト様と一緒に馬に乗っていたとのことです」

「それは私ではない。瓜二つの兄上だろうな」

ハラルドがアルト領にいたと絞られた。これは大きな成果だが、同時に疑問も湧く。

「どうして兄上は私の領地であるアルト領に……」

理由を推測するが答えには至らない。だが敵地に潜伏するリスクを背負ってでも、見つからない自信があるのだ。

「三日前といえば、私のエリス商会に王子に似た男性が来られました。地味な格好でしたが、恐らくご本人だと思われます」

「なにを買いに来たのだ？」

「主に食料を。特に高級菓子を大量購入されていました」

「それは変だな。兄上は菓子が苦手だ」

「クラリス様のために用意したのでしょうね。これで監禁場所から最寄りの街が商業都市リアであると推測できますね」

菓子はどの街でも買うことができる。潜伏場所からより近くにある街を選ぶはずだ。候補は限りなく絞られたが、それでもまだ広い。

「買い物に来た時刻はどうだった？」

「夕暮れ時でしたね……なるほど。日没までに拠点に戻れる距離だとしたら」

「さらに場所が絞られるな」

人気のなさ、立地、距離。すべての要素からクラリスの居場所を絞り込んでいく。地図で確認すると、該当箇所はひとつしかない。

「魔物の森か。兄上も考えたな」

人探しは大勢の人員を動員してしらみつぶしに探すのが最も効果的だ。アルトには人を動かせるだけの権力と資金力があるため、ハラルドがそれを警戒するのも当然だ。

だが隠れている場所が魔物の森では、人手さえ集めればなんとかなる人海戦術は使えない。魔物が生息する危険地帯から無事に生還できる人材は限られるからだ。

「魔物の森なら俺たちに任せてくれ」

「我が聖堂教会の神兵もお役に立ちます」

だがハラルドは失念していた。アルト領には元負傷兵のクルツたちと、聖女を神だと崇めるゼノたちがいることを。

ふたつの勢力は人数も多い。捜索隊としては十分な数だ。やはり自分は仲間に恵まれていると再認識する。

「全員の力を合わせて、クラリスを救い出すぞ」

「おおおっ!」

窓ガラスが割れそうになるほどの大声で叫ぶ。地響きにも似た声は彼らの決意の表れであった。

●

クラリスが監禁されてから五日が経過した。誰かが救助に来る気配はなく、ハラルドも外出したまま姿を見せない。

（私はこのまま外に出られないのでしょうか）

椅子に腰掛けながら、部屋を見渡す。扉には鍵がかけられており、採光窓も天井近くにあるため手が届くことはない。脱出することは不可能だ。

だが衣食住は提供されているし、お風呂とお手洗いまで完備されているため、死ぬことはない。

（焦っても問題は解決しませんしね。心を落ち着かせるとしましょう。孤独は慣れっこですから。負けたりしません）

幼少時代からひとりで暮らしてきたクラリスは孤独に慣れていた。目を閉じて、心を空っぽにする。

（あれ……おかしいですね……）

以前のクラリスなら頭に浮かんだのは、果てのない暗闇だった。だが彼女の脳裏には光り輝くアルトとの思い出が広がっていた。

柔和な笑みを浮かべる彼を思い出し、会いたいとの焦燥が胸を焼く。寂しさは募り、目尻から涙がこぼれた。

（私も弱くなってしまいましたね……いえ、違いますね。これは成長です）

孤独を耐え忍ぶことができなくなった。しかしそれは弱さではない。我慢しているだけでは現状を変えられないからだ。

アルトに恋い焦がれるからこそ、がんばろうと意欲が湧いてくる。クラリスは立ち上がり、部屋の中で使えるものがないかと探す。

「この木箱はなんでしょうか……」

部屋の隅に置かれていた木箱に近づく。両手でかかえられるくらいの大きさだ。あまりの不自然さに罠を疑うが、監禁されている状況で罠を仕掛ける意味もない。

木箱の上には手紙が置かれていた。封蝋をはずして、中身を確認する。

『サプライズプレゼントだ。喜べ、そして俺を愛するのだ！』

ハラルドらしいと、クスリと笑みがこぼれる。ゆっくりと木箱の蓋を外す。中には閉じ込められたシルバータイガーの子供――ギンがいた。

「ギン様！」

「お主、我が輩を助けに来てくれたのかにゃ⁉」

「いえ、助けに来たわけではありませんが……でもギン様を救えてよかったです」

ギンを箱から出して抱き上げる。銀色の体毛はモフモフとやわらかく、暖かさが不安を吹き飛ばしてくれた。

「それでどうしてギン様がここに？」

「街を散歩中に宿敵を見つけたのにゃ。好機と思い、その男を襲撃したのにゃ」

「宿敵とはもしかして……なるほど。それで襲撃に失敗し、ハラルド様につかまってしまったのですね」

クラリスは事情を察する。ギンの住処《すみか》を奪い去った脅威の正体はハラルドだったのだ。ギンは復讐のためハラルドに襲いかかるが撃退される。クラリスのプレゼントにちょうどいいと、捕らえられてしまい、今に至るというわけだ。

「でもギン様と合流できてよかったです。ふたりでがんばって、脱出しましょう」

「その前に我が輩、お腹が空いたのにゃ」

「ではご飯にしましょうか」

砕いたクッキーをギンの口もとまで運ぶと、舌を出して、ペロリと飲み込む。気に入ったのか、うれしさを示すようにスリスリと体を寄せる。その姿が愛らしくて、菓子を食べさせる手が止まらなかった。

「いけませんね。これでは時間がいくらあっても足りません」

クラリスはギンを床に下ろすと、脱出するために動き始める。

実質的に外とつながっているのは、出入り口の扉だけ。なんとか開けることができないかと、押してみるがビクともしない。

「私の体重では壊せそうにありませんね」

次に目に入ったのは丸椅子だ。重さで腕を震わせながら、なんとか持ち上げる。

「えいっ」

投げつけてみるが、部屋の扉はビクともしない。見た目よりもはるかに頑丈な扉だった。

「椅子の重さでも無理ですか」

打開策はないものかと、肩を落とした時、ガリガリと音が鳴る。ギンが扉を壊そうと引っかいていたのだ。

だが爪は切られているため、鋭さがない。傷痕を残すので精いっぱいだった。

「にゃ〜、壊れないのにゃ〜」

「爪さえあれば、壊せるのでしょうが……」

ないものねだりをしても仕方がないとあきらめようとした時、解決の糸口をひらめく。

「回復魔法を使えば治せるかもしれません！」

なくした腕さえ復元できるのだ。爪をもとに戻せないはずがない。クラリスが回復魔法を発動させると、爪が鋭さを取り戻す。

「我が輩の凛々しい爪が復活したのにゃ」

「これで扉を壊せますか？」

「任せるのにゃ」

ギンは鋭い爪を頑丈な扉に振るう。すると扉は切り裂かれ、外への出入り口が開かれた。数日ぶりの自由に、口もとに笑みが浮かんだ。

「これで逃げられます。さすがはギン様ですね」

「我が輩に感謝するといいにゃ」

クラリスが微笑むと、それに応えるように猫なで声を返してくれる。ふたりは逃げ出すために、山荘から飛び出すのだった。

●

王宮へと出向いていたハラルドは、クラリスの待つ山荘へと帰ってくる。彼女と会えることに心を躍らせながら、玄関の扉を開いた。

「クラリス、お前の夫が帰ったぞ」

声をかけるが返事はない。閉じ込めていても声は届いているはずだ。

「どうやらアルトによる洗脳がまだ解けていないようだな」

クラリスが返事を返さないのは、ハラルドへの愛を取り戻していないからだと解釈する。廊下の突きあたりにある部屋へ向かうと、扉が壊されていた。

「いったいなにが起きたのだ！　いいや、それよりも。クラリスは無事か⁉」

まずは疑問よりも前に彼女の安否を確かめるべきだと、ハラルドが呼びかける。しかし返事はない。椅子が転がり、扉には鋭利な刃物で切り裂かれた痕が残っている。

「まさかアルトの奴に誘拐されたのか」

王宮で別れたアルトの瞳には決意の炎が浮かんでいた。あの弟なら強引にさらうくらいはやりかねない。

「暴れた様子から察するに、きっとクラリスは抵抗したのだな。俺との愛を守るため、勇敢に戦ってくれた彼女に感謝だな」

ハラルドの頭の中に、悪漢のアルトを追い払おうとするクラリスの構図が浮かぶ。妻のがんばりに報いるために、彼は山荘を飛び出した。

「待っていろよ、クラリス。今助けてやるからな」

向かう先は簡単に想像できる。アルトの屋敷がある方角へ馬を走らせていく。

「アルトの奴め。俺から逃げられると思っているのなら大間違いだ。自然魔法の応用力の高さを思い知らせてやる」

自然魔法は戦闘でも強力だが、それ以外の使い道も多い。

そのひとつが風の変化を感じることで、周囲の状況を探ることができる索敵能力だ。この力でハラルドは、帝国との戦争で敵軍の位置を発見し、多大な戦果をあげてきたのだ。

「魔物の森は戦場と違い、人の数も少ない。見落とすこともない」

肌で感じる風の流れに異変を覚える。意識を集中させ、女性が川沿いにいることを感知する。その背丈からクラリスだと確信する。

「ガハハハ、とうとう見つけたぞ。だがアルトの奴はどこに……」

風魔法の探知に引っかかったのはクラリスだけだ。そばにいるはずの宿敵の気配は感じられない。

「逸れたのか、それとも仲違いか。どちらにしろ、残念だな。必殺の魔法を叩き込むチャンスを失ってしまった」

宿敵がいないとわかっても、ハラルドは油断しない。いつでも攻撃できるように、手のひらに魔力から生み出した炎の球体を浮かべる。着弾すれば、同じ自然魔法の使い手といえどもタダでは済まない威力だ。

馬がクラリスへ近づくに連れて、川のせせらぎの音が大きくなる。森を抜け、広がった景色に最愛の人を見つける。

クラリスは川の水をすくい上げて、口にしていた。川を覗くような姿勢を取っているため、ハラルドの存在に気づいていない。

「あの魔物は……」

クラリスの背後に子供のシルバータイガーが寄り添っていた。風魔法では人を中心に探っていたため、見落としていたのだ。

シルバータイガーの手の先には、切ったはずの爪が再生していた。鋼鉄さえ切り裂く鋭い爪だ。愛くるしい外見だが、魔物は魔物。脅威を放っておくことはできない。

ハラルドは危機を排除するために、炎の弾丸を放つ。もともとは最強の魔法使いであるアルトを倒すために用意していた一撃だ。硬い体毛で守られたシルバータイガーでも、耐えられるはずがない。鳴き声をあげながら丸焼けになっていく。

「クラリスよ、危ないところだったな」

「……ギ、ギン様が……ぁ……」

「お前の危機を救ったのは俺だ。どうだ？　惚れなおしただろ？」

馬から下りたハラルドは、感謝するがいいと恩を着せる。だがクラリスの瞳には涙が浮かび、黒焦げになったギンを呆然と見すえている。

「どうした、クラリス？　俺が助けに来たのだぞ」

「た、助け、ないと……私の力で……」

動揺しながらもクラリスは自分が聖女であることを思い出す。燃え上がり、黒炭と化したギンを癒やそうと魔法を発動する。

光に包まれて、ギンの肉体が復元する。だが意識を取り戻さない。眠ったように目を開けないギンに、彼女は嗚咽を漏らしながら、治癒の力を与え続ける。

「ギン様ぁ……生き返ってください……」

心の中で祈りを捧げるが、奇跡が起きるよりも前にクラリスの魔力が底をつく。回復魔法が発動できなくなった彼女は、ギンを抱きしめることしかできなかった。

「そんな死体など放っておけ。それよりも俺が迎えに来たのだぞ。もっと喜んだらどうだ？」

「あ、あなたは……最低の人ですっ」

クラリスは鋭い視線をハラルドへと向ける。彼女が本心から向ける初めての憎悪だった。

クラリスの鋭い視線が、かつて愛した王子へと向けられる。目尻からあふれる涙は燃えるように熱を帯びていた。

「どうしてこんなひどいことを……っ……」

「どうやら俺は間違えたようだな」

「悔やんでも遅──」

「正気に戻ったと誤解していた。どうやらアルトの洗脳はまだ解けていないようだ」

ハラルドの自己本位な思考が、クラリスの怒りを都合よく解釈する。この人にはなにを言っても無駄だと悟った彼女は、ここにはいられないと思い走り出した。

「俺から逃げられると思っているのか？」

「思いません！　ですが、あなたのそばにはいたくないのです！」

「無意味なことを……」

軍隊で鍛えられたハラルドの足から、か弱い少女が逃げられるはずもない。余裕の笑みさえ浮かべて、足を踏み出す。だがその余裕があだとなり、事態を変えた。森から人影が飛び出してきたのだ。

「無意味じゃない。なにせ俺が助けに来るだけの時間が稼げたからな」

「クルツ様っ！」

「聖女の娘さんの声が聞こえたからな。走ってきて正解だったぜ」

獅子のように茶髪を逆立てたクルツが、腰から剣を抜いてクラリスを背中に隠すようにしてかばう。

「なんだ、お前は？　俺の敵か？」

「敵じゃねぇよ。俺はただ聖女の娘さんの味方なだけだ」

ふたりの視線が交差し、火花を散らす。両者の体からあふれる魔力が、敵意を証明していた。

「聖女の娘さん、あんたは逃げな」

「ですがクルツ様を置いてはいけません」

「……やっぱり、あんたはいい女だな。だからこそ守ってやりたくなる。川沿いに真っすぐ進めば、ゼノの奴がいる。合流して、アルト公爵のもとへと送り届けてもらえ」

「で、ですが」

「早く行け！　俺はひとりの方が戦いやすい」

「……必ず助けを呼んできます！」

足手まといになるのはクラリスの望むところではない。それに彼女の腕の中には意識を戻さないギンもいる。安全な場所で魔力を回復させ、治療を再開しなければならない。

クルツを残すことを悔やみながらも、クラリスは背中を向けて駆け出す。

当のクルツは遠ざかる足音を聞きながら、満足げな笑みを浮かべる。

「俺たちの愛の邪魔をするつもりか？」

「言い間違えるなよ。正しくは一方的な愛だろ」

「王子である俺を侮辱するのなら容赦はせんぞ」

「王子ね……兄貴からも聞いているぜ。王宮では馬鹿王子として有名らしいな」

「兄貴だとっ」

「グスタフ公爵は俺の兄貴なのさ。残念ながら母親違いで、俺に王族の血は流れていないがね」

「あの男の……ははは、これはいい。グスタフ公爵には鬱憤がたまっていたのだ。ちょうどいい意趣返しになる」

「やれるものならやってみろよ」

クルツは帝国との戦争を戦い抜き、元負傷兵たちを束ねていた実績を持つ。ただ者ではないと、ハラルドも気づいていた。

だが異常なほどの自己評価の高さが、敗北の恐怖を感じさせない。手のひらに魔力で生み出した水球を浮かべると、高速に回転させる。

「クラリスの知人だ。命を奪うことだけは勘弁してやる」

「もう勝った気でいるのかよ？」

「当然だ。なにせ俺は王子だからな」

ハラルドの手のひらから水の弾丸が発射される。それをクルツは紙一重でかわして、間合いを詰めようとする。だが彼の前進は竜巻にでも巻き込まれたかのような突風によって邪魔される。近寄りたくても近づくことができずに、クルツは舌を鳴らす。

「さすがは王国最強の自然魔法だ。敵にするととんでもなく厄介だな」

「降参するのなら今のうちだぞ？」

「俺も武人の端くれだ。戦わずに負けを認めるようなことはしねぇよ」

「だが勝機はないぞ。王族でないと聞いた時点で確信した。領主を兄であるグスタフ公爵に奪われたことを踏まえても、お前の母親の爵位は高くない」

「……俺の生まれが、今ここでなんの関係がある？」

「ははは、関係あるさ。つまりお前は母から受け継いだ非戦闘向けの魔法しか扱えない。剣で切るしか能のない男に俺は負けけん。なにせ近寄らせなければいいだけだからな」

ハラルドの魔力に反応して、川の水が氾濫を始める。穏やかな川の水量が増し、人工的な津波が生み出された。

「おいおい、嘘だろっ」

背よりも高い津波がクルツに迫る。彼はハラルドに近寄ることさえできないと知り、最後の手段に打って出る。

手に握った剣をハラルドへと投げつけたのだ。慌てて投げられた剣は狙いも定まっていない。ハラルドは魔法さえ使うことなく、顔を逸らして剣をかわす。

「悪あがきが俺に通じるものか」

最後の抵抗も虚しく、クルツは津波にのみ込まれてしまう。水の勢いに押される形で、彼は森へと流されていった。

邪魔者は排除した。だがハラルドの機嫌は悪いままだ。流されていくクルツは無力感に悔しがるでもなく、仕事をやり遂げた達成感で笑っていたからだ。

「思った以上に時間を無駄にさせられたな」

クラリスの背中はもう見えない。最初からクルツは時間稼ぎが目的だったのだ。

「まぁいい。こちらは馬だ。追いつけない距離ではない」

すぐにでも追いかけようと待機させていた愛馬へと視線を向ける。振り返った先には、地面に刺さった剣と、足を切られた愛馬の姿があった。

「あいつの本当の狙いはこれかっ！」

切り傷は致命傷ではない。時間を置けば自然治癒する程度の軽傷だ。しかし怪我をした箇所がマズイ。足を負傷している愛馬に無理をさせるわけにもいかない。

「クソ、俺をコケにしやがって！」

悔しさにおたけびをあげるが、怒りの対象は水に流されて森の中だ。下唇を噛みながら、ハラルドは川沿いを走る。クルツの活躍は彼から時間と体力を奪ったのだった。


クラリスを捕まえるために、ハラルドは足を動かす。額から汗が流れ、呼吸は乱れている。優雅さを重んじる王族らしからぬ反応だが、それだけ彼は必死だった。

「必ず……っ……クラリスを俺のものにしてやるっ」

意気込みを独白することで、足の回転が早まる。速度を上げた彼の脚力は、前方を走るクラリスの背中を捉えた。

「やはり体力の限界だったか」

体力だけなら訓練を積んできたハラルドに分がある。時間をかければ追いつけるのは自明の理だ。

「クラリスッ、そこで待っていろ！」

ハラルドの呼びかけに反応して、クラリスは走るペースを早める。だがそれも想定の範囲内だ。脚力に圧倒的な差があるのだから、今さら駆け出しても遅い。

「ははは、俺から逃げられると思うなよ！」

無駄な努力だと笑うが、クラリスの脚力は想定を超えていく。万全の体力なら追いつける速さだが、疲れているハラルドでは離される速度だった。

「なぜクラリスがこんなにも足が速いのだ？」

疑問が頭に浮かび、自分は致命的なミスを犯したのではと、背中に冷たい汗が流れた。

「ま、待て。待つのだ、クラリス」

「あなた程度の男に私を捕まえられますかね？」

「うぐっ、俺を侮辱するつもりかっ！」

頭に血が上り、疑念が吹き飛ぶ。クラリスは彼を誘い込むように、鬱蒼とした森の中へと飛び込んでいく。

泥濘《ぬかるみ》を踏破し、クラリスの影を追う。だが彼女はジャングルでの逃走に慣れているのか、巧みに逃走経路を選択し、距離を突き離していく。

「やはり、おかしい……」

クラリスはギンを抱いて逃げていた。しかし目の前を走る彼女の腕の中に、ギンの姿はない。

「それに奴の動きはなんだっ！　クラリスにあんな動きができるはずがないっ」

外見はクラリスと瓜二つだが、中身は別人だと確信する。そこで彼は思い出す。帝国との戦争で、ジャングルでのゲリラ戦を得意とした兵士がいたことを。そしてその兵士が友人でさえ判別できないほどの変装術の使い手であることを。

「クソッ、時間を浪費させられた」

敵の策にはまったと知り、踵《きびす》を返そうと背を向けた瞬間、森の茂みから物音が鳴る。そしてそれが衝撃の合図となった。

現れた人影がハラルドの脇腹に拳を突き刺す。魔力のこもった強烈な右フックが肋骨《ろっこつ》にヒビを入れる。衝撃で吹き飛ばされた彼は、泥濘を転がりながら、敵に鋭い視線を向ける。

「誰だ、お前は？」

「私はゼノ。聖女様の敬虔なる信徒です」

ハラルドを襲った人影の正体は金髪赤眼の神父だった。不敵な笑みを張りつける彼はひと目で強者だとわかるほどに魔力を迸《ほとばし》らせている。

「お前がクラリスに変装していたのか？」

「私は変身魔法が使えますから。人を欺くのは得意なのです」

「王子である俺を騙すとは万死に値する。覚悟はできているのだろうな？」

「それは私の台詞です。聖女様を傷つけることは何人《なんぴと》たりとも許しません」

ゼノは追撃を加えるべく、泥濘を蹴って、走り出す。間合いを詰めようとする彼を、ハラルドは迎撃するために風の刃を放つ。

「炎ならともかく、風魔法ならば問題ありません」

森の中では、相手を一瞬で消し炭に変える炎魔法は使えない。風の刃による刀傷ならば耐えきってみせると、両腕で顔を守りながら、ゼノが間合いを詰める。

風の刃がゼノの体を切り刻む。だがボロボロになりながらも、拳の届く距離まで接近することに成功した。狙いはヒビの入った肋骨だ。そこに追撃の前蹴りをあてる。

魔力を集約したゼノの一撃はハラルドの肋骨をへし折った。だが攻撃に魔力を割きすぎたため、防御は手薄になっていた。ぬかるみから生まれた樹木が、ゼノの体を縛り上げた。

「自然魔法は樹木の生成までできるのですね。さすがは最強の魔法です……っ」

「俺に挑んだことを後悔したか？」

「いいえ、私は満足していますから。聖女様のお役に立てたのなら、命など安いものです」

「頭のおかしい奴め。なにがお前をそうさせるのだ？」

「恩義ですよ……私はね、過去に一度死んでいるのです。瀕死の重傷で手の施しようのなかった私は、邪魔になるからと、死体の山に積まれていました……そんな私を聖女様は救ってくれたのです。さらには寝ずの看病まで。私はその時、誓ったのですよ。ああ、この人のために死のうと」

戦場に送り込まれる貴族は訳アリが多い。次男坊や私生児、金で売られた者もいる。地獄のような環境で、救いの手を差し伸べてくれた彼女に、ゼノは人生を懸けるほどの恩義を感じていた。

「だがお前のがんばりは無駄に終わる。俺はこの後、クラリスを追いかける。それですべての問題に片がつく」

「無駄ではありません。なにせ私は役目を終えましたから。ここから先は……任せましたよ」

ゼノは意識を失い、言葉を言い残す。それを拾い上げたのは、茂みから現れた黒髪の男だった。

「ゼノ、君の頼みは私が引き受けた」

「アルトッ」

宿敵同士が視線を交差させる。因縁深き兄弟の争いに終止符が打たれようとしていた。


アルトとハラルドは瓜二つの顔で互いを見すえる。向けられる鋭い視線には、過分な怒りが含まれていた。

「アルト、お前の悪行もここで終わりにしてやる」

「兄上の方こそ、クラリスへつきまとうのをやめにしてもらおうか」

体からほとばしる魔力が一触即発の火花を散らす。両者が動き出そうとした瞬間、茂みからクラリスが姿を現す。走ってきたのか、息が荒れていた。

「はぁ、はぁ、アルト様にようやく追いつけました」

深呼吸して、落ち着きを取り戻したクラリスは、ふたりから争いの空気を感じ取る。

「ハラルド様、もうやめてください」

「お前は洗脳されていて、正常な判断ができないのだ！」

「私は洗脳などされていません！」

「かわいそうに……俺が救ってやるから、そこで待っていろ」

ハラルドは聞く耳を持たない。自分にとって都合のよい解釈で頭がいっぱいになっていた。

「クラリス、どうしてここに戻ってきたのだ？」

「私がキッカケで始まった争いですから。見守る義務があります」

「だがギンの治療があるはずだ」

「ギン様なら先ほど目を覚ましました。グラン様と一緒に屋敷に戻りましたので、もう大丈夫です」

「そうか……だがどうやって魔力を回復したのだ？」

「エリス様がエリクサーを届けてくれたのです」

グランとエリスのふたりは、実力的に魔物の森に入ることができない。だからこそ万が一に備えて、近くの村で待機してくれていたのだ。

グランはすぐに屋敷へ逃げられるように馬車を、エリスは怪我を治癒するための魔力回復薬を用意してくれていた。

「これで憂いなく、アルト様のそばにいられます」

「だが私のそばは危険だぞ？」

「覚悟はできています。だから共にいさせてください」

「ふふっ、強くなったな」

クラリスは危険を承知でアルトに寄り添う。彼は妻の成長を褒めるように、頭を優しくなでた。手のひらから温かな優しさが伝わる。

そんなふたりの仲睦まじい光景は、ハラルドの神経を逆なでした。許容できないと、怒りで顔に青筋を立てる。

「俺のクラリスに気安く触るなあっ！」

「クラリスは兄上のものではない。私の妻だっ！」

言葉を交わしたところでらちが明かない。互いの主張を通すためには実力行使しかない。

「クラリス、ゼノを頼む」

「はい！」

気絶したゼノを受け取ると、クラリスは回復魔法での治療を始める。手のひらに魔力を集めながら、癒やしの輝きを放つと、彼の顔色は見る見るうちによくなっていった。

これで闘いに集中できると、アルトはハラルドを見すえる。交差した視線が、鋭い火花を散らした。

最初に動いたのはハラルドだ。彼は地面から樹木を生み出し、鞭《むち》のようにしならせた幹でアルトを強襲する。

脅威を排除するため、アルトは風の刃を周囲に展開する。不可視の刃が樹木を切り刻み、ハラルドの攻撃を捌ききる。

「これが最強の魔法使い同士の闘いなのですね」

王族の血を引いた者にしか扱えない自然魔法は、神に匹敵する武力を誇っている。最強同志がぶつかる様相は、神話の物語のように壮大であった。

だが最強だからこそ、他人と互角の勝負になる経験がない。ハラルドは必殺の自然魔法を防がれたことに怒りで顔を真っ赤に染める。

「クソッ、俺は選ばれたエリート。お前は追放された落ちこぼれのはずだ。それなのに、なぜ俺と互角に戦えるのだ⁉」

公爵家へと養子に出されたアルトは、ハラルドのような英才教育を受けていない。育ちがそのまま能力へと反映されるなら、実力が拮抗《きっこう》するはずはないのだ。

「たしかに私は落ちこぼれだった。だがクラリスが駄目な私を変えてくれたんだ……だから私は兄上には負けない！」

ハラルドの執着を知りながら、アルトも手をこまねいていたわけではない。

いずれ実力行使に出てくるであろうハラルドから彼女を守るために、鍛錬を欠かさなかったのだ。最愛の人を守りたいとのモチベーションが彼を強くした。

「愛の力で強くなったと。笑わせるな。その戯言にむしずが走るのだっ！」

ハラルドは言葉に暴力で応えるべく、手のひらに水の塊を浮かべる。回転する水弾がアルトに照準を向けて放たれる。

それに対抗するようにアルトも空中に水の球体を浮かべる。彗星のように彼を中心に回転する水球が合図と同時に発射された。

ふたりの水弾が衝突する。勝負は再び互角で終わったかに思えた。だがアルトの弾丸だけは止まらない。ハラルドの水弾を打ち破り、宿敵の体を撃ち抜く。

ハラルドは衝撃でぬかるみを転がっていく。受けたダメージで体の自由を奪われた彼は、忌々しげな表情を浮かべる。

崩れた勝負の均衡は、勝敗を決するチャンスとなる。アルトはハラルドとの間合いを詰めると、腰から剣を抜き、首もとへと翳した。

生殺与奪《せいさいよだつ》の権をアルトが握った。ふたりの闘いに決着がついたのだ。

「私の勝ちだ、兄上」

「なぜだ……互角でも納得できないのに、なぜ俺が敗れた？」

「クラリスの……そして仲間のおかげだ」

「仲間だと？」

「グランとエリスがいたから、クラリスの居場所を見つけられた。クルツが兄上の馬に怪我を負わせたから、体力を奪えた。そしてゼノが怪我を負わせてくれたから、私の望む魔法戦へと持ち込むことができた」

　魔法の実力は互角でも、正面からやり合えば勝つことは難しい。近接戦の実力は軍隊格闘を会得しているハラルドに軍配が上がるため、肋骨の怪我がなければ、彼は無理をしてでも近づいてきた可能性が高い。そうなれば勝敗が逆転していても不思議ではなかった。

「森の中へと導いてくれた功績も大きい。魔法の実力は互角だが唯一、それぞれが最も得意とする力が違った」

「俺は炎魔法……」

「私は水魔法だ。兄上は森にいて得意な炎を扱えない。だが水ならば、私に縛りはない。もし仲間の協力がなければ、きっと兄上が勝っていた」

「クソッ……ぅ……」

　仲間の差が勝敗を分けた。人望による決着は悔しさと共に、ハラルドの脳裏に過去を思い出させた。

「俺にも昔は仲間が……」

　戦場で共に命を懸けて戦った仲間たち。彼らのことを心から信頼していた。だが皆、ハラルドのもとから離れていった。それもすべてクラリスに婚約破棄を言い渡してからだった。

　クラリスは人を惹きつける華があった。彼女の優しさに触れて、ハラルドも心が穏やかになった。

優しさは人望につながる。だが彼女を失っては、太陽のない月のようなもの。穏やかな性格から粗暴で自分勝手な性格へと変貌した王子のもとに仲間たちが残るはずもなかった。

「アルト、俺は駄目な兄か？」

「それは……」

アルトは言いよどむ。その反応に、ハラルドは答えを察する。

「ふっ、答えにくいのなら質問を変えよう。クラリスを愛しているか？」

「もちろんだ。私は世界中の誰よりも彼女を愛している」

「やはり兄弟だな。実は俺もだ。だからこそ馬鹿な俺は血迷ってしまったのだ」

寂しげな目でハラルドは心の声を口にする。憑き物が落ちたように、彼の表情は穏やかになる。

「兄上……」

ふたりは視線を交差させる。互いの瞳から敵意は消えていた。決闘は決着を迎えたのだ。

だがそんなふたりを嘲笑うように、茂みから人影が飛び出す。そしてその人影が、クラリスのそばへと駆け寄ると、懐に隠していた刃物を輝かせた。

「ククク、この勝負、私の勝ちのようですね」

「バーレン男爵っ！」

人影の正体はクラリスの父親であるバーレンだった。彼はクラリスの首もとにナイフを近づけながら、勝利を宣言する。

白銀の刃がクラリスの白磁の肌を切り裂いて、赤い血を流させる。張りつめる緊張感に、アルトとハラルドはゴクリと息をのんだ。

「バーレン男爵、馬鹿な真似は止せ」

「俺からも命じる。その手を離せ」

公爵と王子。ふたりの権力者からの命令を意に介さず、バーレンは愉悦の笑みを浮かべると、ナイフをより深く肌に埋める。流れる血の量が勢いを増し、ふたりの顔に不安が滲んだ。

「公爵にも王族にも逆らったのです。噂は王国中に流れ、このままでは私は破滅するでしょう。それならば一矢報いるチャンスにすがりたい。クラリスを人質に貴様らを殺し、証言者をこの世から消す。私は私の人生のために、この凶行にすべてを賭けます」

バーレンは上昇志向の塊のような男だ。そんな彼が落ちぶれる自分に耐えられるはずがなかった。最後の希望にすがるように、娘を人質に脅迫する。

「お父様、やめてください」

「うるさいっ！　娘の分際で父親に逆らうつもりかっ⁉」

「私はあなたの娘であると同時に、アルト様の妻ですからっ！」

クラリスが首に添えられたナイフを手で掴む。雪のように白い手を、鋭いナイフが赤く染めていく。彼女の表情も苦悶《くもん》でゆがんでいた。

「や、やっぱり……痛いですね……」

「クラリス……お前……」

気弱なクラリスが痛みに耐える姿にバーレンは驚嘆する。怯えるばかりの少女はもういない。鋼《はがね》の心を持つ立派な淑女へと成長していた。

「クラリスッ！」

呆然とするバーレンの隙を突く形で、アルトが間合いを詰める。すかさずバーレンの顔に蹴りを叩き込むと、ぬかるみを転がって気を失う。

脅威は去ったが、傷は癒えたわけではない。アルトは青ざめた表情で、クラリスのそばへと駆け寄る。

「心配しないでください。傷なら癒やせますから」

「だが痛みはあるのだろう？」

「アルト様の心を傷つけた痛みに比べれば、たいしたことはありません」

クラリスの癒やしの力が手と首の傷を修復する。痩せ我慢で浮かべていた笑みが、本物の笑顔へと変わる。

「君が無事でよかった。もう二度と離さないからな」

「私もです」

アルトはクラリスをギュッと抱きしめる。力強い抱擁で互いの愛を確かめ合った。

「おい、アルト」

　ハラルドは傷を負いながらも立ち上がる。彼の目に敵意はない。そのまま背を向けて、アルトたちとは逆方向へと歩いていく。

「アルト、クラリスを頼んだぞ」

「兄上……」

「だが勘違いするなよ。俺はあきらめたわけじゃない。預けておくだけだ。お前がクラリスを不幸にするとわかれば、すぐにでも取り返しに来るからな」

「なら兄上に奪われないように、クラリスを幸せにしないとな」

　背中に回した腕に力を込める。この人は自分のものだと主張するアルトを微笑ましげに一瞥すると、ハラルドはその場を去る。そのうしろ姿は、弟と愛する人の幸せを願う兄の背中だった。

エピローグ　〜『幸せなスローライフ』〜

クラリスの誘拐事件から半年近くが経過した。再び平穏な日常を取り戻したクラリスは、談話室で大切な家族に囲まれていた。

静かな室内では、アルトが本をめくっていた。集中しているのか、凛々しい横顔でジッと文字を目で追っている。

クラリスもまた穏やかな時間を楽しんでいた。膝の上で眠るギンの毛を優しげになでる。それが気持ちいいのか、「にゃ〜」と甘えた声で鳴いた。

「ゆったりとした日常も悪くないな……」

「私はアルト様と一緒にいられるだけで幸せです」

アルトの視線が手もとの本からクラリスの膝で眠るギンへと移る。その瞳には羨望の感情が交じっていた。

「ギンの奴がうらやましいな……」

「アルト様も膝枕をしてみますか？」

「やめておこう。クラリスの膝はギンのお気に入りのようだからな」

「にゃ〜」

ギンは変わらずアルトの前で人語を話そうとしない。だが以前よりは心を開いたのか、その声には好意が交じっている。信頼し合える仲になるのも、そう遠くない未来の話だろう。

「でもギン様に後遺症が残らなくてよかったですね」

「クラリスの回復魔法のおかげだな」

命を落としたことを忘れたかのように、ギンは「にゃ～」と声をあげる。その愛らしい声をまた聞けたことが、ただただうれしかった。

「つい最近の出来事のように感じますが、あの事件から半年が経過したのですね……」

慈愛に満ちた瞳をギンに向けながら、仲間たちのことを思い出す。

グランは使用人のリーダーとして、よりいっそうの活躍を見せている。さらに最近、孫も生まれたとのことで、仕事だけでなく、私生活も充実しているとのことだ。

エリスもまた商会の規模を拡大させ、今では名実共に王国で三指に入るほどの大商会へと成長させた。彼女のもとには拠点を王都へ移してほしいとの要望も届いているそうだが、決して首を縦に振らない。受けた恩を返すためだと、領民たちに安くていいものを提供し続けている。

そんなエリスの商業活動は、ゼノの慈善活動にも役立っていた。安くて質のよい大量の物資を貧困者に配る彼は、領内で知らぬ者がいないほどの有名人だ。

今では王国だけでなく、帝国にも進出し、布教活動を推し進めている。これにより帝国では聖女であるクラリスが人気者になっているとか。

クルツは変わらず剣に生きている。凶暴な魔物を討伐する彼は、民衆から頼られるヒーローだ。慕う若者の数も増え、後進の育成にも力を入れているとのことだ。

「皆が幸せな毎日を過ごせることに感謝ですね」

周囲の人たちが充実した日々を過ごしていることがうれしくて、口もとに小さな笑みが浮かぶ。それは大切な彼らだけではない。因縁深い人々のことを思い出す。

妹のリーシャは相変わらず社交界の花としてもてはやされていた。悪女との噂が流れても、外見の美しさと、男を手玉に取る手練手管が、悪評のハンデを覆したそうだ。

最近はお気に入りの男たちに貢がせ、贅沢三昧とのことで、彼女らしい充足した日々を過ごしている。

父親であるバーレンはアルトに敗れたことで気が抜けてしまった。上昇志向をなくした彼は、無気力に領地経営を続けているが、余計なことをしなくなったおかげで、皮肉にも評判が改善しているとのことだ。領民から慕われるようになった彼は、本人が意図しないままに、幸せを手に入れたのだ。

元婚約者であり、宿敵だったハラルドは馬鹿王子の異名を払拭するほどのがんばりを見せている。クラリスを惚れさせると言って、政務に力を入れる彼は、王国の宝とまで評されるようになった。

そんな彼のもとには他国からお見合い話が数えきれぬほど届いているが、すべて断っているそうだ。クラリスひと筋を貫き、一週間に一度は贈り物と恋文がクラリスのもとへと送られてくる。

（やっぱり、ハラルド様は……）

自分勝手で、子供のように感情的だが、それは純粋だからこそ周囲からの影響を受けやすいだけなのだ。しっかりと自分の意思を持てるようになれば、立派な人物になる。

（いずれ頼れる国王に成長するはずです。なにせアルト様と兄弟なのですから）

視線をアルトに向けると、目が合ってしまう。気恥ずかしさを覚えながらも、視線は外さなかった。

「それにしても兄上があんなものをプレゼントしてくるとはな」

「公園を丸ごとですからね。でも近くに住む子供たちは喜んでくれるはずです」

ハラルドは、アルトとの確執を修復するために、屋敷近くに平和公園を建設した。あえて公園にしたのは、公爵家と王宮が信頼関係にあることを内外にアピールするためだろう。計算もできる立派な王子に成長したものだと、アルトは口もとに笑みを浮かべた。

「今日の昼だが、時間を空けておいてくれ」

「どこかに出かけるのですか？」

「平和公園だ……兄上からのプレゼントだからな。見学してみたい」

「では折角のデートですし、現地で待ち合わせでいかがですか？」

「では、そうしよう」

想い人がやって来るまでの期待感もデートの醍醐味だと、アルトはクラリスの提案を了承すると、談話室を後にする。

静まり返った部屋でクラリスはふぅと息を吐くと、懐にしまっていた指輪を取り出す。その指輪には魔石が埋め込まれており、淡い白の輝きを見せている。

クラリスは魔石に治癒の魔力を注ぎ込む。この宝石は魔力をためることで輝きを放つ特性がある。淡い白の宝石がまぶしいくらいの輝きへと変化した。

「その宝石はアルトへのプレゼントかにゃ？」

クラリスの膝の上に乗るギンが尋ねる。アルトが退室してからの行動は秘密にしたいからだ。サプライズプレゼントを贈る相手は簡単に推測できる。

「実は、今日が、私が辺境に送られてきた記念日なのです」

「それは記念なのかにゃ？」

「記念日ですよ。なにせアルト様と初めて出会えた日でもありますから」

婚約破棄された悲しみを胸に、アルト領へと嫁いできた。思い返すと、あれが幸せの日々の始まりだった。なら今日という日は間違いなく記念日だ。

「プレゼントの指輪を受け取ってくれるといいのですが……」

「あの男がお主の贈り物を喜ばないはずないにゃ」

「でも指輪ですよ。重い女だと思われるかもしれません……それに……これは私の独占欲の象徴でもありますから」

薬指に指輪がはめられていれば、結婚していると暗に知らせることになる。きっとほかの女性は言い寄らなくなるだろう。

独占欲でアルトを縛りつけようとする自分をクラリスは恥じるが、そんな彼女をギンが慰めた。

「独占欲のなにが悪いのにゃ」

「ギン様……」

「我が輩もお主が別のペットを飼い始めれば嫉妬するのにゃ。心を持つ者ならば誰もが抱く感情にゃ。恥じる必要はないのにゃ」

「ですが私は聖女ですし……」

「聖女も人にゃ。もしアルトが指輪を受け取らないなら、我が輩が怒るのにゃ。だから勇気を出すのにゃ」

「ギン様は優しいですね」

励ましに感謝し、クラリスは身支度を整える。心の準備が整ったところで、ギンと共に平和公園へと向かう。

屋敷から歩いて数分の距離にその公園はあった。子供が遊ぶための遊具と、憩いの場として鮮やかな花が植えられている。

「綺麗な光景ですね」

「心が洗われるようにゃ」

「でもあの彫像だけはやめてほしかったです」

公園の中央にはクラリス像が建てられていた。聖堂教会がフーリエ領に建設したものと似ていたが、細かな顔つきが違っている。

「この彫像のお主は若く見えるのにゃ」

「ちょうど、ハラルド王子と恋人だった頃の私ですね」

視線を右隣に移す。そこには剣を掲げるハラルドの彫像が置かれていた。彼の顔つきもクラリス同様、今よりも若い。戦場で肩を並べていた頃のふたりのようであった。

「思えば、ハラルド様がいたからこそ、今の私があるのですね」

ハラルドとの婚約破棄が原因で、アルトという最愛の人と出会えたのだ。クラリスは過去を思い返す。

最初はアルトを不器用な人だと思った。呪いのせいで自分に自信がなく、すべてを遠ざけようとしていた。

だが彼は優しかった。診療所では必死に病人の相手をし、クラリスにも親切にしてくれた。

記憶に残っているのは、クラリスがうなされて眠れない夜のことだ。アルトは朝までベッドのそばで寄り添ってくれた。

醜い自分が触れるのは悪いからと、手を握らずに、毛布をギュッと掴むのだ。そんな彼に愛おしさを覚えたものだ。

それからアルトにかけられた顔の呪いは解け、彼は醜さからは解放された。それでも変わらずにクラリスに一途だった。

ほかの女性には目もくれず、彼女だけを見てくれた。両親も妹もハラルドでさえも見捨てたのに、アルトだけは一度も目を逸らすことがなかった。

「アルト様と結婚してから、怖いこともたくさんありましたね」

負傷兵との出会いに、食料の供給が止められたこと。ハラルドに誘拐された時は不安で胸が押しつぶされそうだった。

だが心が折れたことはない。アルトが隣にいてくれるなら、どんな困難も乗り越えられると信じていたからだ。

「幸せな毎日でした……」

「お主は本当にアルトのことが好きだにゃ」

「私の最愛の人ですから」

心の底から出た言葉だった。その言葉に安心したのか、ギンは屋敷の方へ歩き出す。

「我が輩はお邪魔虫だから、ひと足先に屋敷に帰るにゃ」

「ギン様……」

クラリスは申し訳ない気持ちでいっぱいになるが、ギンは愛らしい鳴き声を返してくれる。

「お主らの信頼が崩れることはないと確信したにゃ。屋敷で成功を祈っているにゃ」

ギンがいなくなり、公園でひとりになる。寂しさから周囲に目を向けると、遠くに見慣れた人影を見つける。

黒髪黒目の美男子を見間違うはずもない。最愛の彼に声をかける。

「アルト様」

クラリスの呼びかけに反応し、アルトが手を振る。多彩な花に囲まれるアルトのそばまで駆け寄ると、隣に並び立つ。

「綺麗な花畑ですね」

「兄上もいい贈り物をくれた。それにクラリスの回復魔法のおかげでもある。かつては瘴気《しょうき》の湧く汚れた沼地だったからな……」

アルトの瞳に過去を想起するような感情が浮かぶ。彼もまた沼地と同じように醜い容貌だった。それをクラリスに救われ、花畑のように美しい姿へと変貌したのだ。

「君は私を変えてくれた。いや、私だけではない。領地で暮らす人々を救ってくれたのだ。君が……いや、君こそが私の聖女だった」

「救われたのは私も同じです。婚約を破棄されて、行き場のなかった私に救いの手を差し伸べてくれました。アルト様には、本当に感謝しているのですよ」

「私たちは似た者同士だな」

「ですね！」

美しい光景に心を洗われながら、クラリスは緊張を解くために、ふぅと息を吸い込む。

「アルト様、今日がなんの日か覚えていますか？」

探るような質問を投げかけると、アルトは首を縦に振る。

「君と私が初めて出会った日だ」

「覚えていてくれたのですね」

「もちろんだとも……忘れるはずがないよ」

アルトは昔を懐かしむように、花畑に茫洋とした視線を向ける。静寂が場を支配し、緊張感に包まれていく。背中に冷たい汗が流れ、喉が渇いた。

だが指輪を渡すチャンスを逃すことはできないと、クラリスは緊張を振り払う。ゆっくりと口を開いた。

「あ、あの、アルト様……」

「どうした？」

「い、いえ……」

喉もとまで上がってきた言葉を口にできない。場の空気が再び重々しくなろうとするが、それを遮るように、アルトが意を決する。

「私から伝えたいことがある。聞いてくれるか？」

「もちろんです」

「出会った記念のお祝いとして、これを受け取ってほしいのだ」

アルトは懐から指輪を取り出す。はめ込まれた魔石は、彼の得意魔法である水と同じ青の輝きを放っていた。

「重い男だと嫌われるかもしれないが、君をほかの男に取られたくないのだ。これからも君を守ると約束する。だから左手の薬指にはめてほしい」

差し出された指輪をクラリスは迷わず受け取ると、左手の薬指にはめる。そこにためらいはない。アルトの口もとが穏やかに緩む。

「アルト様、実は私からも贈りたいものがあります」

クラリスも用意していた指輪を懐から取り出す。治癒の魔力が注がれた魔石は、まばゆい輝きを放っていた。

「アルト様が私を守ってくれるように、私もあなたのことをお守りします。これはその誓いの証です」

贈られた指輪を受け取ると、アルトもまた左手の薬指にはめる。まじまじとその手を見つめると、苦笑を漏らした。クラリスもつられて笑う。

「私たちは本当に似た者同士だな」

「ふふふ、ですね」

「だからこそ、そんな君が好きだ。クラリス、これからも私と一緒にいてくれ」

「喜んで」

ふたりは愛を誓い合うように、互いの薬指に指輪をはめる。悪女だと王宮を追放された聖女は価値を認めてくれる公爵と共に、これからも幸せなスローライフを過ごすのだった。

END

あとがき

はじめまして。このたびは『王宮を追放された聖女ですが、実は本物の悪女は妹だと気づいてももう遅い　私は価値を認めてくれる公爵と幸せになります』をご購入いただき、ありがとうございます。上下左右と申します。

書籍を出版するのはこれが初めてではなく、漫画原作を含めると五冊目になります。そんな私の過去作品ですが、実は今まで男性向けの作品を中心に書籍化しており、女性向けの作品は執筆をしていたのですが、書籍化経験はありませんでした。

ただ心の中で、いつか女性向けにチャレンジしたいという想いがあり、そんな私にチャンスをくれた恩人こそスターツ出版様となります。

思えばスターツ出版を初めて知ったのはツイッターでした。華麗なイラストの書影と共に『素敵な作品でした』と読者様がコメントされていたことを覚えています。その書評に影響され、いつか余暇の時間ができれば読もうと思っていたら、まさかの出版の方が先だったと、現実は小説より奇妙なことが起きるものですね。

さてここまで長話をしておきながら、いよいよ本作についてです。王宮から追放された聖女が、辺境の地で公爵に溺愛されてハッピーエンドを迎える物語となっております。公爵との甘い日常を描けたと自負しておりますので、楽しんでいただけたなら幸いです。

最後に本作に携わってくれた関係者の皆様に謝辞を申し上げます。特に書籍化のチャンスを頂いたこと、原稿の完成度を上げるサポートをしてくれた担当編集様とライター様には感謝が尽きません。

また美麗なイラストを描いてくださった姐川様にも感謝しております。クラリスは儚げでありながら美しく、アルトやゼノも想像していたより何倍も凛々しい姿でした。姐川様にイラストを担当していただけてよかったです。

そしてなにより本作を購入してくださった読者の皆様には感謝してもしきれません。本当にありがとうございました。

聖女と公爵の愛の物語はこれからも続いていきます。次の巻でも面白い作品を執筆できるようがんばりますので、これからも応援をよろしくお願いいたします。

上下左右《じょうげさゆう》

王宮を追放された聖女ですが、実は本物の悪女は妹だと気づいてももう遅い　私は価値を認めてくれる公爵と幸せになります

2021年11月5日　初版第1刷発行

著　者　上下左右

発行人　菊地修一

発行所　スターツ出版株式会社

〒104-0031　東京都中央区京橋1-3-1　八重洲口大栄ビル7F
☎出版マーケティンググループ　03-6202-0386
（ご注文等に関するお問い合わせ）

https://starts-pub.jp/

印刷所　大日本印刷株式会社

ISBN　978-4-8137-9104-1　C0093　Printed in Japan

［上下左右先生へのファンレター宛先］
〒104-0031　東京都中央区京橋1-3-1　八重洲口大栄ビル7F
スターツ出版（株）　書籍編集部気付　上下左右先生